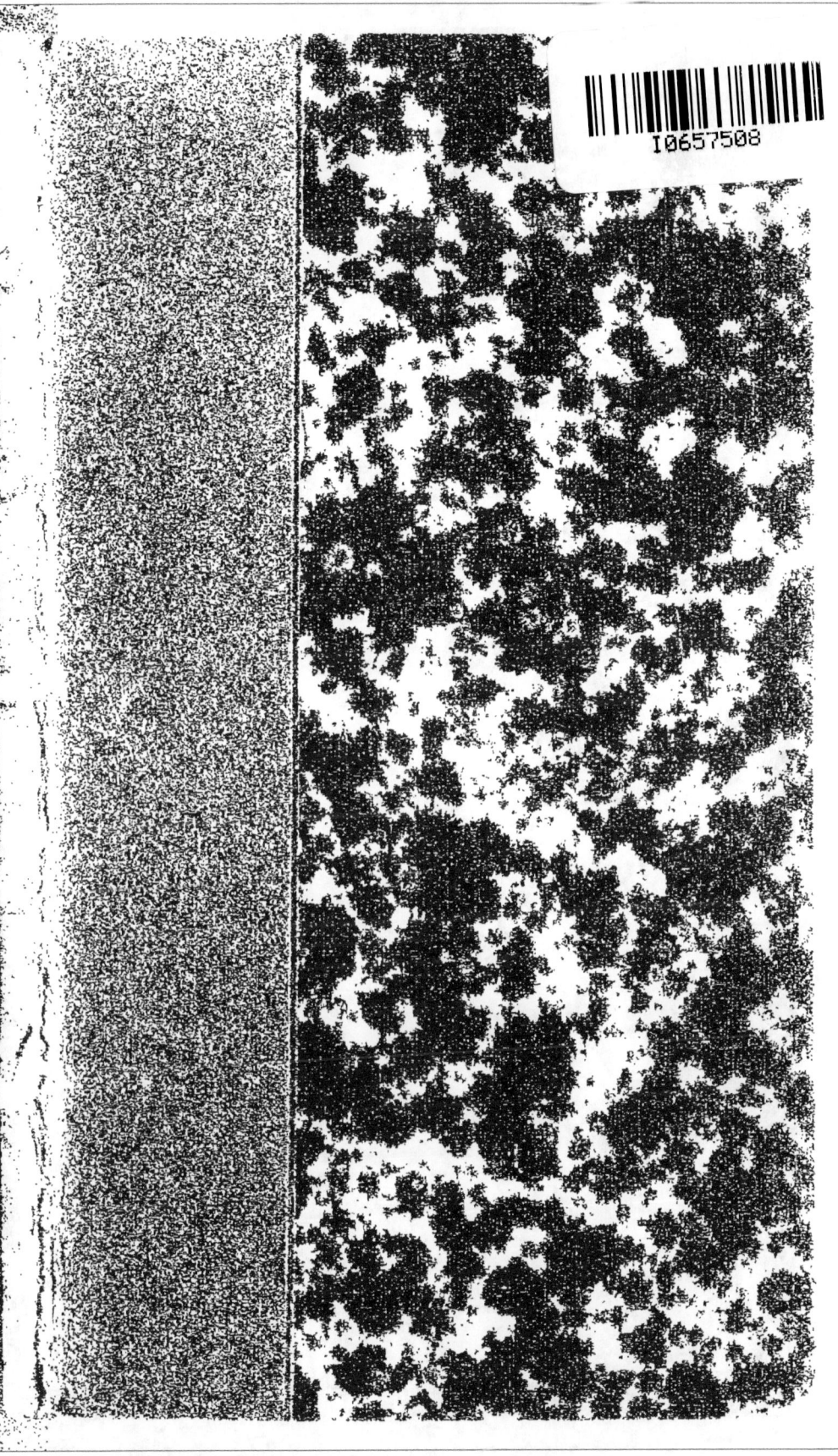

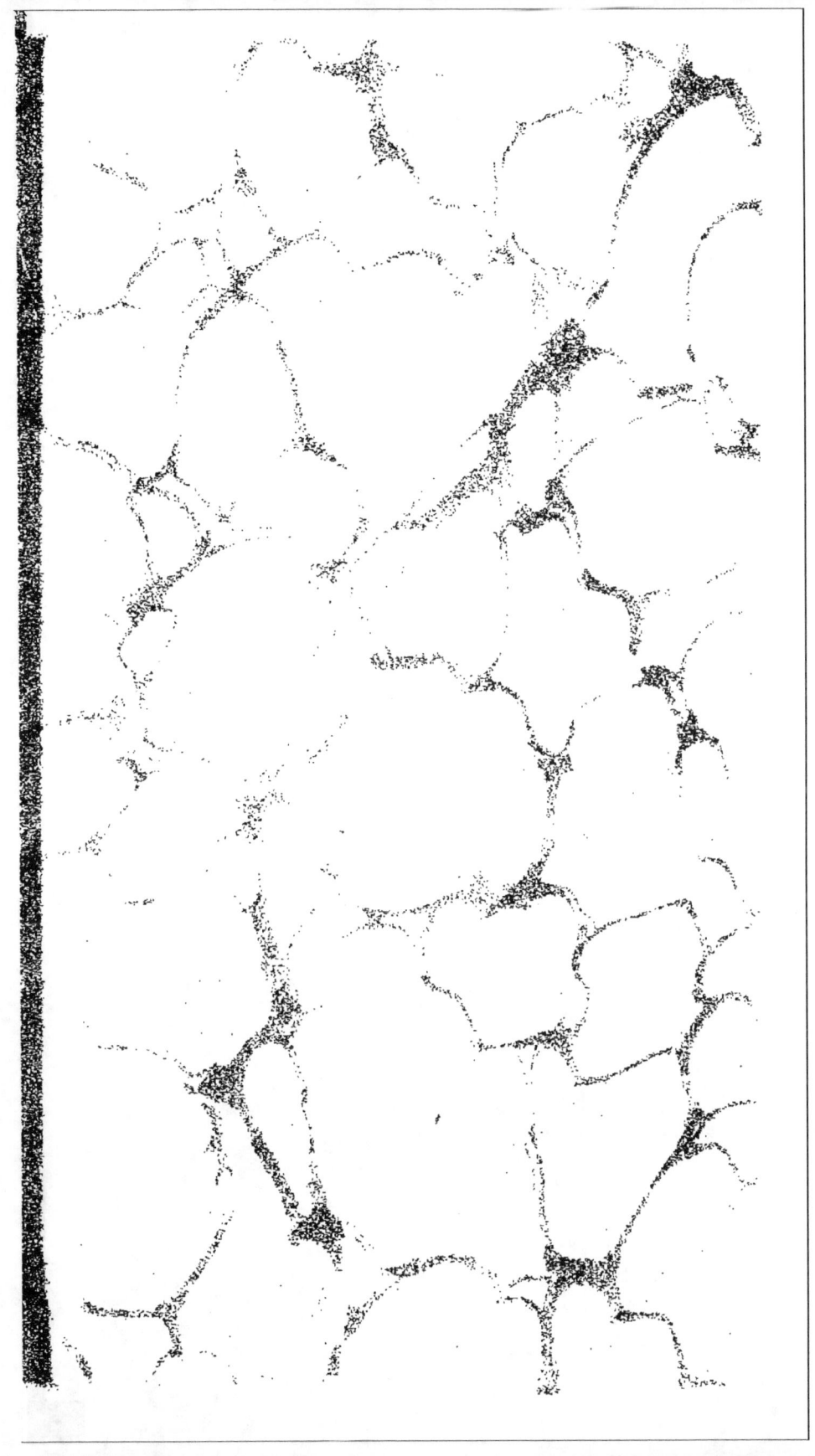

THÉÂTRE

DE

MARIE-JOSEPH CHENIER.

TOME PREMIER.

THÉÂTRE

DE

MARIE-JOSEPH CHÉNIER,

DE L'INSTITUT NATIONAL.

TOME PREMIER.

A PARIS,

DE L'IMPRIMERIE

DE PIERRE DIDOT L'AÎNÉ.

AN V DE LA RÉPUBLIQUE.

CHARLES IX,

OU

LA S.-BARTHÉLEMI,

TRAGÉDIE,

Représentée pour la premiere fois à Páris,
sur le théátre de la Nation, le 4 no-
vembre 1789.

DISCOURS PRÉLIMINAIRE.

Suivant l'opinion d'un grand génie de l'antiquité, la tragédie est plus philosophique et plus instructive que l'histoire même. S'il faut entendre par tragédie un roman d'environ quinze cents vers, chargé d'épisodes, écrit d'une maniere lâche et boursouflée, dont l'unique but est d'intéresser pendant deux heures par une intrigue adroitement combinée et semée de quelques situations piquantes, on ne saurait être sur ce point de l'avis d'Aristote; et ce poëme, bien loin d'avoir l'importance qu'il lui donne, n'est guere au-dessus d'un opéra comique.

Mais si pour composer une excellente tragédie le choix nécessaire d'un *seul* fait intéressant et vraisemblable n'est presque rien; s'il faut des caracteres dessinés fortement, puisés dans la belle nature, et se faisant ressortir les uns les autres par un contraste perpétuel; si ce grand mérite n'est rien encore; si l'on doit écrire l'ouvrage en vers; si les vers doivent être toujours travaillés, sans

que le travail se fasse sentir ; toujours pleins
de poésie, sans que le poëte s'étale, pour
ainsi dire ; forts sans dureté, majestueux sans
enflure, simples sans familiarité, harmonieux
sans que l'harmonie coûte rien au sens ; s'il
faut, par la magie de l'éloquence, remuer les
cœurs, et faire verser des larmes de pitié ou
d'admiration, et tout cela pour inculquer
aux hommes des vérités importantes, pour
leur inspirer la haine de la tyrannie et de la
superstition, l'horreur du crime, l'amour de
la vertu et de la liberté, le respect pour les
lois et pour la morale, cette religion universelle : si tel est, dis-je, le but de la tragédie,
si telles sont les qualités nécessaires pour ap-
procher dans ce genre de la perfection qu'il
est impossible d'atteindre ; on est forcé de se
ranger à l'avis d'Aristote, et d'avouer qu'un
pareil poëme est la production la plus philosophique et la plus imposante du génie des
hommes. Aucun ouvrage n'exige un esprit
aussi flexible, une aussi grande variété de talents et de connaissances.

Voilà ce qu'était la tragédie dans Athenes.
Ajoutez qu'on n'y représentait que des pieces

nationales. Le théâtre grec retentissait des louanges de la Grece et de ses héros, quelquefois même des vivants. Les guerriers qui à Salamine avaient vaincu le grand roi entendaient célébrer leur vaillance dans la tragédie des Perses. Souvent, en faisant parler les fameux personnages des temps passés, le poëte insérait dans sa piece des détails relatifs aux temps présents. L'OEdipe à Colonne, entre autres, est plein d'allusions à la guerre du Péloponnese. Peut-on s'étonner après cela de l'enthousiasme qu'inspiraient à la nation la plus sensible de la terre ces chefs-d'œuvre d'éloquence, représentés sur des théâtres magnifiques, avec un appareil digne des poëtes et de l'auditoire? Les spectacles dans la Grece étaient des fêtes publiques, et laissaient des traces profondes, parcequ'ils n'étaient pas trop souvent répétés.

Le poëte sublime qui a créé la scene française avait tous les talents nécessaires pour l'élever à la hauteur du théâtre grec; mais des obstacles sans nombre l'en ont empêché. D'abord il était impossible de traiter dignement des sujets nationaux sous le regne ab-

1.

solu du cardinal de Richelieu. Les malheurs de la France, occasionnés presque toujours par la faiblesse des rois, par le despotisme des ministres, et l'esprit fanatique du clergé, auraient nécessairement rempli de véritables pieces nationales. Le gouvernement n'était point assez raisonnable pour les permettre, et les Français n'étaient pas encore capables de les sentir.

Quant aux défauts de Corneille, on a dit souvent qu'il les devait à son siecle, et rien n'est plus vrai : mais on pouvait ajouter qu'il les a rendus très dangereux, en leur donnant une force qui appartenait à son génie, et qui les a consacrés comme des beautés dans l'esprit de la multitude. Les romans de la Calprenede et de mademoiselle Scudéri étaient devenus en France une espece de poétique du théâtre. De là ces intrigues sans fin, ces noms supposés, ces épisodes continuels, ces passions sans naïveté, et, pour tout dire en un mot, cette nature factice que tant de mauvais critiques ont ridiculement préférée à l'exquise simplicité de la scene grecque. Le Cid fit pleurer toute la France; Cinna fixa notre langue; on admira dans Horace des beautés inconnues avant Corneille: mais ce génie vieillissant produisit une foule de pieces aussi monstrueuses pour les mœurs que pour la diction. Il semblait vouloir replonger le théâtre dans la barbarie dont ses chefs-d'œuvre l'avaient tiré.

Racine ne bannit pas entièrement l'afféterie qui s'était emparée du théâtre; mais il sut mettre dans ses vers le naturel le plus élégant: il rejeta cette froide métaphysique prodiguée avant lui jusqu'au sein des conjurations, du parricide, et de l'inceste. On ne vit plus paraître ces sublimes princesses qui ne s'abaissaient jamais à pleurer. Cependant, par les suites d'un goût détestable, les larmes de Monime, d'Andromaque et d'Iphigénie, ne faisaient pas soupçonner au public qu'il avait admiré des fautes énormes. Nombre de gens regrettaient encore le ton mâle et guindé de Viriate et de Pulchérie.

On chercherait en vain dans Racine des détails politiques comparables aux beaux morceaux de Cinna; mais il y a plus de morale dans ses bons ouvrages que dans ceux de

Corneille. Après avoir abandonné la scene à trente-huit ans, il conçut dans son loisir, trop long pour la gloire de notre littérature, il conçut, dis-je, qu'il pouvait surpasser Corneille et lui-même, et peut-être égaler Sophocle. Il fit Athalie, l'ouvrage le plus parfait qui ait illustré la scene française. Ce chef-d'œuvre n'est pas dirigé contre le fanatisme; on ne l'eût pas souffert à la cour: mais il est dirigé contre les flatteurs, contre les prêtres courtisans, contre la politique cruelle des ambitieux. Les leçons que donne le pontife au jeune roi qu'il vient de couronner sont d'un pathétique admirable, et d'une raison sublime. On concevra que Racine ne pouvait se permettre davantage, si l'on veut examiner avec attention le siecle brillant qui lui doit une partie de sa gloire. On verra quelle était la servitude des pensées sous le regne de Louis XIV, et l'on sentira combien il eût été dangereux de vouloir secouer ces chaînes de l'esprit. Le temps nous a permis d'oser beaucoup plus; et nos descendants oseront plus que nous. S'il eût vécu dans notre siecle, cet homme à qui la nature avait accordé tant de

facilité pour le travail et tant de patience,
une raison si droite et une sensibilité si exquise, il aurait mis sans doute plus de har-
diesse dans les mœurs et. dans les détails de
ses immortels ouvrages. Non content d'égaler l'harmonie enchanteresse des vers de Sophocle et d'Euripide, la grace et la majesté
de leur diction, la variété de leur éloquence,
il les aurait encore imités dans l'art de donner un grand but au poëme tragique. Comme
eux, il aurait mis sous les yeux de sa patrie
ses lois, son gouvernement, ses grands
hommes, les époques célebres de son histoire ; comme eux, il aurait instruit ses con-
temporains en retraçant les malheurs et les
fautes de leurs ancêtres ; et la France aurait
des modeles de tragédies nationales.

Campistron, la Grange-Chancel et quelques
autres, perdirent le théâtre. On vit reparaître
sur la scene tragique les princesses déguisées,
les princes qui ne se connaissent pas eux-
mêmes, les intrigues compliquées, et tous les
beaux sentiments de Cassandre et de Clélie.
Cependant les chefs-d'œuvre de Racine n'eu-
rent jamais autant de succès dans leur nou-

veauté que les faibles ouvrages de Campistron ;
et Tiridate faisait les délices de Paris à-peu-
près dans le temps où l'incomparable Athalie
passait pour un mauvais ouvrage. C'était la
mode de s'ennuyer en la lisant. Cette mode
ne cessa qu'au commencement de ce siecle,
quand la France avait perdu Racine.

Entre la derniere tragédie de cet homme
éloquent et la premiere de M. de Voltaire il
s'écoula un espace de près de trente années.
Pendant tout ce temps la scene fut livrée
à des poëtes sans génie, à des écrivains
dont les meilleurs étaient médiocres. On
croyait la carriere fermée, lorsqu'OEdipe parut. Il est imprudent d'annoncer à la mort des
hommes illustres qu'ils n'auront plus d'égaux.
Je conçois qu'un tel arrêt satisfait l'amour-
propre de celui qui le prononce ; mais c'est
prédire un fait impossible, et par conséquent
c'est dire une absurdité.

La révolution dans les idées, maintenant
si avancée d'un bout de l'Europe à l'autre,
commençait à éclorre sur la fin du regne de
Louis XIV. La révocation de l'édit de Nantes , funeste aux intérêts politiques de la

France, fut utile aux progrès de l'esprit général. Les protestants, chassés de France,
accuserent dans une foule de livres la religion
qui les persécutait. Les matieres religieuses furent soumises à la discussion, et la discussion
chez quelques uns produisit le scepticisme.
La raison humaine fit plus de pas en vingt
ans qu'elle n'en avait fait depuis un siecle
avant cette époque. Parmi les ouvrages nés
dans ces temps orageux, il faut distinguer
ceux de notre grand dialecticien Bayle, et sur-
tout son dictionnaire, le seul ouvrage de cette
espece où il y ait du génie, et l'un des plus
beaux monuments qu'ait élevés la philosophie. Au gouvernement monacal des dernieres années de Louis XIV succéda, sous la
régence, une espece de liberté de penser. Fon-
tenelle, un moment persécuté par les jésui-
tes, jouissait alors d'une haute réputation. Il
la devait à ses éloges, et à cette histoire des
oracles qui d'abord avait failli le perdre. Ce
fut dans cette aurore du bon sens que paru-
rent les premiers essais de M. de Voltaire.
Il ne créa point l'esprit philosophique en
France ; il l'y trouva ; mais il sut l'appliquer

à tous les genres d'ouvrages littéraires ; il le mit à la portée de toutes les classes de la société ; il en fit pour ainsi dire la monnaie courante, et parvint à exercer sur tout son siecle l'empire le plus cher et le plus universel, celui du génie et de la raison.

C'est sur-tout à ses tragédies que M. de Voltaire doit son influence sur l'Europe entiere. Un livre, quelque bon qu'il soit, ne saurait agir sur l'esprit public d'une maniere aussi prompte, aussi vigoureuse, qu'une belle piece de théâtre. Des scenes d'un grand sens, des pensées lumineuses, des vérités de sentiment, exprimées en vers harmonieux, se gravent aisément dans la tête de la plupart des spectateurs. Les détails sont perdus pour la multitude ; le fil des raisonnements intermédiaires lui échappe ; elle ne saisit que les résultats. Toutes nos idées viennent de nos sens : mais l'homme isolé n'est ému que médiocrement ; les hommes rassemblés reçoivent des impressions fortes et durables. Personne chez les modernes n'a si bien conçu que M. de Voltaire cette électricité du théâtre. On a critiqué ses plans, et peut-être avec

raison. Il y a quelquefois plus de richesse
que d'ordre dans l'économie de ses tragédies ;
il n'a pas toujours observé la vraisemblance ;
on peut préparer les évènements mieux que
lui. Mais pour de légeres fautes de composi-
tion, que de beautés de toute espece ! quelle
grandeur dans les conceptions ! c'est là sa
partie dominante ; que de situations tragiques ! que de passions ! que de mouvement !
La tragédie de Manlius est beaucoup mieux
conduite que Mahomet, Alzire, ou Sémira-
mis ; mais le cinquieme acte d'Alzire vaut
dix tragédies comme Manlius. Il faut une
espece d'imagination pour éveiller sans cesse
la curiosité par de nouveaux incidents ; il
faut beaucoup d'adresse pour éviter toutes
les invraisemblances : mais il faut du génie
pour peindre énergiquement les mœurs ; il
faut du génie pour mettre la raison en sentiment ; il faut du génie pour échauffer le
cœur, pour éclairer l'esprit, et pour enchan-
ter l'oreille.

Les nombreux succès de M. de Voltaire
irritaient l'envie. Elle avait besoin d'un rival
à lui opposer ; elle se saisit de Crébillon.

L'auteur de quelques pieces romanesques et mal écrites fut préféré pendant quarante ans par des journalistes à l'auteur de Mérope et d'Alzire, au plus beau génie du dix-huitieme siecle. Le dernier soupir du grand homme fut fatal à la réputation de Crébillon. Le nom de ce poëte incorrect et sans naturel cessa d'être prononcé avec ceux de Corneille et de Racine, et l'enthousiasme qu'il avait inspiré tomba de lui-même, par la raison que ses admirateurs ne pouvaient le lire.

M. de Voltaire a plus approfondi dans ses tragédies la morale proprement dite que la politique. Il a combattu la superstition durant soixante ans ; sa plume a sans cesse retracé les usurpations du sacerdoce, rarement les prétentions arbitraires des rois et des grands. Il a fait quelques tragédies où le public français entendait au moins prononcer des noms français : mais parmi ces tragédies, d'ailleurs fondées sur des faits inventés, Zaïre est la seule qui soit admirée des connaisseurs, et les Français n'y sont qu'accessoires. Les obstacles qui ont empêché Corneille et Racine de représenter leur nation sur la scene

tragique existaient encore pour M. de Voltaire. Grace à lui-même, grace à quelques
philosophes qui ne se sont pas occupés du
théâtre, ces obstacles n'existent plus pour
nous. Les hommes supérieurs font marcher
l'esprit humain. Sans eux il resterait immo-
bile. Les pas que ces maîtres fameux ont fait
faire à notre siecle doivent exciter notre ému-
lation. Continuons la route, s'il est possible,
en partant du point où ils se sont arrêtés.

Échauffé dès mon enfance par les écrits
des grands hommes, pénétré des vérités sublimes qu'ils ont exprimées avec tant d'énergie, passionné pour l'indépendance, et ré-
volté contre toute espece de tyrannie, mais,
par une suite de ce caractere, me sentant
très incapable de parvenir à la faveur sous
un gouvernement arbitraire, je m'étais livré
de bonne heure à la philosophie et aux belles-
lettres. J'avais compris que, dans un état où
l'intrigue dispose de toutes les places, un bon
livre, c'est-à-dire un livre utile, devient la
seule action publique permise à un citoyen
qui ne veut point descendre à des démarches
humiliantes. Entraîné vers la tragédie, non

seulement par un penchant irrésistible, mais
par un choix médité, par une persuasion in-
time que nulle espece d'ouvrage ne peut avoir
autant d'influence sur l'esprit public, j'avais
conçu le projet d'introduire sur la scene française les époques célebres de l'histoire moderne, et particulièrement de l'histoire nationale ; d'attacher à des passions, à des évènements tragiques, un grand intérêt politique,
un grand but moral. J'avais cru qu'on pouvait rendre notre théâtre plus sévere encore
que celui d'Athenes ; j'avais cru qu'on pouvait chasser de la tragédie ce fatras d'idées
mythologiques et de fables monstrueuses, toujours répétées dans les anciens poëtes.

J'ai du moins saisi la seule gloire où il m'é-
tait permis d'aspirer, celle d'ouvrir la route
et de composer le premier une tragédie vraiment nationale. Je dis le premier, car tout
le monde doit sentir que des romans en dia-
logue sur des faits très peu importants, ou traités avec l'esprit de la servitude, ne sauraient
s'appeler des *tragédies nationales* ; et les
personnes un peu lettrées n'ignorent pas qu'on
avait fait, il y a plus d'un siecle, des tenta-

tives en ce genre. On a écrit dans ces derniers temps quelques tragédies sur des sujets français ; mais ces pieces sont une école de préjugés, de servitude et de mauvais style. Du Belloy, calculateur d'effets du théâtre, a substitué aux grands intérêts publics des niaiseries chevaleresques et des rodomontades militaires ; il a sacrifié sans cesse à la vanité de quelques maisons puissantes et à l'autorité arbitraire. Il a donc fait des tragédies *antinationales ;* et si les hommes d'un goût délicat souffrent en écoutant de pareils ouvrages, ce n'est pas dans le fond parcequ'ils ne sont point assez conformes à l'histoire, c'est parcequ'ils ne sont point du tout conformes au sens commun.

J'ai choisi pour mon coup d'essai le sujet, j'ose le dire, le plus tragique de l'histoire moderne, la Saint-Barthélemi. Nul autre ne pouvait offrir peut-être une aussi forte peinture de la tyrannie jointe au fanatisme. Que le public me permette de l'entretenir un moment des prétendus inconvénients que quelques gens ont trouvés à la représentation de cet ouvrage. Mes lecteurs voudront bien re-

2.

marquer qu'en répondant aux objections faites à ce sujet j'aurai répondu à toutes celles
qu'on pourrait faire contre les tragédies politiques et nationales. Elles demandent à être
traitées avec cette liberté austere et impartiale,
avec cette haine des abus, avec ce mépris des
préjugés qui distingue un poëte et un historien philosophe. S'il se trouve, et certainement il s'en trouvera parmi ceux qui jetteront
un coup-d'œil sur cet écrit ; s'il se trouve des
personnes bien convaincues que ce genre d'ouvrage ne serait pas moins utile qu'il serait intéressant pour la nation ; s'il se trouve, et
certainement il s'en trouvera, des personnes
étonnées de la puérilité des objections que je
m'apprête à réfuter, je les prie d'observer que
ces objections m'ont surpris plus qu'un autre ; et je les prie encore de vouloir bien se
joindre à moi, d'unir sur ce point leur voix
à la mienne, et d'employer pour soutenir
la raison un peu du zele et de l'ardeur qui
n'ont cessé d'animer ceux qui font profession
de la combattre.

N'est-il pas d'une extrême indécence de représenter sur le théâtre un roi de France tout

à-la-fois homicide et parjure, un roi de France qui verse le sang de ses sujets ? Voilà la première objection. Que veut-elle dire ? A qui craint-on de manquer de respect ? Sont-ce des courtisans de Charles IX qui parlent ? L'indécence serait de calomnier un Charlemagne, un Louis IX, un Louis XII, un Henri IV. Mais quand un roi de vingt-deux ans a pu commettre le plus grand crime dont l'histoire du monde fasse mention, celui d'un roi qui conspire contre son peuple, l'indécence est sans contredit à penser un seul moment qu'une nation, victime de sa rage, lui doit encore des égards, et qu'un citoyen de cette nation ne peut la venger après deux siecles écoulés, en livrant sur le théâtre la mémoire de ce monstre à l'exécration publique.

N'est-il pas indécent de représenter des prêtres chrétiens sur le théâtre ? n'est-ce pas un moyen sûr de nuire à la religion, sur-tout si l'on fait parler ceux qui ont mérité la haine publique ? Tel est la seconde objection. C'est à-peu-près celle que les dévots faisaient autrefois contre la comédie de Tartuffe. Ainsi les charlatans qui trompent les peuples font tou-

jours semblant de confondre la cause des hommes et la cause de Dieu. Mais leur fausse dia-
lectique ne séduit plus personne. Non, sans
doute, un ouvrage où le fanatisme est peint
des couleurs les plus noires, c'est-à-dire de
ses véritables couleurs ; non, sans doute, un
ouvrage où la tolérance est préchée sans cesse,
ne saurait nuire à la religion, à moins que la
religion ne soit essentiellement fanatique et
prodigue du sang des hommes. Si cela était,
ceux qui voudraient l'abolir seraient les bien-
faiteurs de l'humanité ; mais cela n'est pas.
Les jours sont venus où la religion s'épure et
s'identifie pour ainsi dire avec la morale. On
sait qu'il ne faut point accuser Dieu des fautes
de ses ministres ; et l'on sait qu'un ministre
de Dieu peut être coupable. Le prêtre convaincu d'un crime est puni comme un autre
homme ; et les privileges de l'église doivent
être anéantis au théâtre comme ailleurs, par
la raison, maintenant connue, qu'un privilege
est une chose absurde.

On m'a fait une troisieme objection, qui me
serait bien plus sensible si elle n'était parfai-

tement ridicule, et peut-être indigne de la réponse sérieuse que j'y vais faire. « Vous « voulez composer des tragédies nationales, « et, pour coup d'essai, vous choisissez dans « l'Histoire de France un fait qui est l'oppro- « bre de la nation; vous voulez retracer à « vos concitoyens une époque flétrissante « pour eux, et qui devrait être à jamais ef- « facée du souvenir des hommes ». Courti- sans patriotes, vous croyez donc que le mas- sacre de la Saint-Barthélemi est l'opprobre de la nation? J'admets pour un moment cette proposition, que je vais bientôt vous nier. Vous ne pensez pas du moins qu'un crime exécuté en 1772 puisse flétrir la nation française en 1789. Quand les Danois assem- blés par représentants, en 1660, déférerent à leur roi l'autorité la plus illimitée, certaine- ment ils se couvrirent d'opprobre aux yeux de tous les peuples qui avaient alors quelque idée du droit politique; mais si les Danois aujourd'hui se rappelaient qu'ils sont des hom- mes, et qu'il ne convient pas à des hommes d'obéir au caprice d'un seul, vous ne pensez pas que l'ignominie de leurs ancêtres peserait encore sur eux. L'opprobre n'est pas plus héréditaire que la gloire ; l'un et l'autre ne sont pas plus héréditaires chez les nations que chez les individus ; et la honte des Danois en 1660 ne subsisterait plus pour leur postérité devenue libre, comme le contrat des Danois en 1660 ne saurait lier leur postérité.

Il en est ainsi des Français. En supposant que le massacre de la Saint-Barthélemi soit le crime de la nation, les Français de ce temps-là sont flétris, mais non ceux d'aujourd'hui, qui n'étaient pas nés encore. En vous accordant (ce qui n'est point mon avis) qu'un écrivain philosophe doit quelquefois dissimuler sa pensée par respect pour sa nation, vous conviendrez du moins qu'il doit ce respect seulement à la génération qui existe, et qu'il ne doit que la vérité aux générations qui ne sont plus. Cet esprit de fanatisme et d'intolérance qui a causé nos guerres civiles du seizieme siecle s'est beaucoup affaibli parmi nous : mais quand il subsisterait dans toute sa force, quand il serait encore l'esprit général , quand les partisans effrénés du dogme auraient conservé sur la nation cette influence qu'ils ont perdue , serait-ce en effet respecter la nation que de la tromper? serait-ce lui manquer de respect que de l'éclairer? Quel homme aurait le mieux mérité de ses concitoyens, celui qui dans des écrits timides caresserait leurs préjugés , ou celui qui risquerait de leur déplaire en disant tout haut des vérités énergiques? Un bon citoyen ne doit-il pas traiter sa nation comme un véritable ami traite son ami? N'est-ce pas servir son ami que de le désabuser d'une erreur funeste? et ne vaut-il pas mieux servir son ami que de le flatter?

Vous voyez donc bien qu'en retraçant un évènement du seizieme siecle je n'ai fait que ce que fait un historien ; vous voyez bien que j'ai tout au plus accusé la nation française du seizieme siecle, et non pas la nation française actuelle, à qui seule je dois obéissance et respect ; vous voyez encore que si j'avais attaqué les erreurs de la nation française actuelle, bien loin de lui manquer de respect,

j'aurais fait le devoir d'un bon citoyen : par
conséquent il est démontré que votre objection
est absurde à tous égards. Mais, par surabon-
dance de droit, je vous nie maintenant ce que
j'ai pu vous accorder tout-à-l'heure. Le massacre de la S.-Barthélemi n'est point le crime
de la nation ; c'est le crime d'un de vos rois ;
et il ne faut point confondre vos rois avec la
patrie, malgré les maximes d'esclaves qu'on
vous débite à vos théâtres, dans vos préten-
dues pieces nationales ; c'est le crime de
Charles IX, de sa mere, du duc de Guise,
du cardinal de Lorraine ; c'est le crime de la
cour ; c'est le crime du gouvernement,
comme la révocation de l'édit de Nantes, les
massacres des Cévennes, et, pour ne pas faire
une énumération trop longue, comme tous
les malheurs qui ont affligé durant quatorze
siecles cette grande et superbe nation, écrasée
de regne en regne et de ministre en ministre,
mais qui est fatiguée de la servitude, et qui
sent enfin sa dignité.

On me reproche sur-tout avec amertume
d'avoir fait bénir par le cardinal de Lorraine

les armes des catholiques qui vont égorger les protestants. Je sais que ce cardinal était à Rome à l'instant du massacre de la S.-Barthélemi ; mais il serait absurde d'exiger du poële qui compose une tragédie nationale la scrupuleuse exactitude d'un historien. Dans une tragédie, il suffit de ne faire agir ses personnages que d'une maniere conforme à leur caractere connu. Je serais blâmable, par exemple, si j'avais peint le chancelier de l'Hôpital comme un homme intolérant et sanguinaire, ou le cardinal de Lorraine comme un prélat vertueux. On n'ignore pas que ce prêtre ambitieux et superbe, qui avait obtenu des gardes pour l'accompagner, qui avait accumulé sur sa tête tant d'évêchés et tant d'abbayes, maître de l'esprit de Médicis, et par elle de l'esprit de ses enfants, fut le principal auteur des désastres qui ont souillé les regnes de François II et de Charles IX. On n'ignore pas qu'il voulut établir en France le tribunal de l'inquisition. On n'ignore pas qu'il conduisit l'abominable projet de la S.-Barthélemi ; et ce fait fut démontré par les lettres que le cardi-

nal de Pellevé lui adressait à Rome , lettres
que les huguenots interceptèrent. Qui n'a pas
entendu parler de l'édit des gibets, en 1559 ?
Qui n'a pas entendu parler de cette bulle de
1543, où le pape Clément VII lui accordait
pour lui, et pour douze personnes à son choix ,
l'absolution des plus grands crimes , tels que
l'homicide, l'inceste, le sacrilege , deux fois
pour lui, et une fois pour chacune des personnes choisies ? Et, s'il faut en croire quelques
esprits timides, je n'aurais pas dû représenter le
cardinal de Lorraine bénissant les exécuteurs
des meurtres qu'il avait conseillés! Ah ! tous
les amis de la vertu, tous les ennemis du crime,
doivent me rendre grace , j'ose le dire , d'avoir
mis son fanatisme en action de la maniere la
plus énergique, et d'avoir livré ce prêtre infâme à l'exécration de la postérité.

Il n'est pas vrai que les événements dés-
astreux doivent être effacés du souvenir des
hommes ; cette pensée fausse n'est digne que
d'un rhéteur pusillanime : ils doivent y vivre
à jamais, au contraire, pour leur en inspirer
sans cesse une nouvelle horreur , pour armer

le genre humain contre des fléaux dont le germe est toujours subsistant, quoique souvent il soit caché. Les fanatiques assurent qu'il n'y a plus de fanatisme, les tyrans qu'il n'y a plus de tyrannie, et la foule des gens à préjugés ne cesse de crier que les préjugés n'existent plus. Quand tous ces mensonges seraient autant de vérités, les tragédies d'un peuple libre, d'un peuple éclairé, devraient toujours avoir un but moral et politique ; et les principes de la morale et de la politique ne sauraient changer. Il faudrait toujours, à ne considérer même que la perfection de l'art, représenter sur la scene ces grands évènements tragiques, ces grandes époques de l'histoire, qui intéressent tous les citoyens ; et non plus ces intrigues amoureuses, qui n'intéressent que des femmes ; non plus ces passions si fades, éternel aliment de cent tragédies, qui se répetent sans cesse, et qui se ressemblent toutes par la mollesse et l'absénce d'idées. Poëtes tragiques français, lisez, relisez Sophocle et Tacite ; connaissez bien le siecle où le sort vous a placés ; songez, en observant le

peuple nouveau qui vous environne, qu'il est
temps d'écrire pour des hommes, et que les
enfants ne sont plus.

Ô Racine, poëte sublime et naïf dans
Athalie, austere dans Britannicus, par-tout
sensible et touchant, par-tout correct, élégant, harmonieux, loin de moi l'esprit des
barbares qui méconnaissent tes admirables
beautés! Certes, malgré tes défauts, qui sont
ceux de ton siecle, et que tes grands talents
peut-être ont rendus plus contagieux, je vois
et je révere en toi le génie le plus parfait qui
ait illustré les arts de l'Europe. Mais fallait-il
abaisser ce génie au rôle de complaisant de
cour? fallait-il ambitionner des succès aux
petits appartements de Versailles, ou dans le
couvent de S.-Cyr? fallait-il enfin perdre tes
veilles à composer des tragédies allégoriques,
à retracer en vers excellents, mais peu tragiques, et encore moins philosophiques, les
amours du jeune Louis XIV et de la fille
de Charles Iᵉʳ, ou les amours du vieux
Louis XIV de la veuve Scarron? Homme
fait pour éclairer la France, qu'importaient

à la France Esther et Bérénice? Ah! si, au
lieu d'écrire cette longue élégie royale, tu
avais traité le grand sujet que j'ai tenté; si
tu avais employé ton temps et ton éloquence
à donner à tes concitoyens d'énergiques leçons
de tolérance et de liberté, tu aurais servi ta
nation, qui avait alors plus d'éclat que de
bonheur, et plus de talents que de lumieres.
Peut-être le conseil de Louis XIV n'aurait
pas été animé du même esprit que le conseil
de Charles IX; peut-être l'industrie des
Français n'aurait pas enrichi l'étranger de
notre ruine; et peut-être le sang des Français
n'aurait pas coulé sur les échafauds du Lan-
guedoc pour des opinions théologiques.

Afin de créer parmi nous la tragédie nationale, j'ai choisi le sujet le plus tragique de
l'histoire moderne. J'ai banni de ma piece ces
confidents froids et parasites qui n'entrent
jamais dans l'action, et qui ne semblent admis sur la scene que pour écouter tout ce
qu'on veut dire, et pour approuver tout
ce qu'on veut faire. Les sept personnages les
plus illustres de la France à la fin du seizieme

3.

siecle servent à nouer et à dénouer mon intrigue importante. Voici comme j'ai conçu
leurs caracteres.

Catherine de Médicis n'a d'autre passion
que de tromper et de commander. Toujours
calme, toujours inébranlable dans ses desseins, les moyens lui sont indifférents, pour-
vu qu'elle réussisse. Artificieuse par caractere
et par systême, elle sait justifier sa conduite
d'après les principes du machiavélisme, principes affreux, qu'elle développe de maniere à
séduire aisément un esprit faible; principes
d'ailleurs presque universellement adoptés
dans ces temps où la véritable politique était
encore inconnue. Catherine de Médicis gouverne son fils; mais à son tour elle est gouver-
née par les Guises.

On doit remarquer dans le duc de Guise
et dans le cardinal de Lorraine son oncle un
même esprit d'orgueil et d'audace, mais di-
versement modifié selon la différence de leur
âge et de leur état. Le duc de Guise a toute
l'énergie d'un jeune ambitieux: on sent qu'il
a de la peine à tromper; et, tandis qu'il parle

au nom de la France et du bien public, souvent il laisse entrevoir son desir de vengeance
et ses vues particulieres. Il insulte lui-même
Coligni. Le cardinal, au contraire, désigné
par Coligni d'une maniere outrageante, fait
semblant de lui pardonner. Le cardinal, plus
mûr et plus politique que son neveu, en allé-
guant les intérêts du ciel, s'oublie toujours
lui-même en apparence. Il est aisé de comprendre que son zele pour la religion n'est
qu'un zele hypocrite. Il abuse de l'écriture-
sainte et des usages les plus respectés de la
religion catholique. Sa conduite est un sacrilege perpétuel.

Charles IX, assiégé, flatté, corrompu sans
cesse et par sa mere et par les Guises, flotte
dans une irrésolution perpétuelle. Il est très
faible, et par conséquent très facile à émou-
voir. On voit cependant que tous ses pen-
chants sont vicieux. Il est jaloux de son
frere le duc d'Anjou ; le sang ne l'épouvante
pas, le parjure encore moins. Ce n'est pas un
roi faiblement vertueux ; c'est un méchant
sans énergie.

L'amiral a ce caractere sombre et méfiant
que forme la longue expérience du malheur.
Sa haine contre les Guises est égale à leur
haine contre lui ; mais son cœur magnanime
ne peut soupçonner son roi. Dans les projets
qu'il communique à Charles IX, projets qu'il
avait en effet conçus, on doit voir un génie
actif, étendu, véritablement patriotique, mais
que des circonstances malheureuses ont rendu
funeste à la France.

Le chancelier de l'Hôpital est éminemment
vertueux. Il dit hardiment la vérité. Ami des
bons, ennemi des méchants, mais lent à les
soupçonner, il voudrait concilier tous les
partis. Il tient en quelque sorte la place du
chœur des Grecs. Sa vertu, son génie, sa
vieillesse, donnent un grand poids à son autorité. Dans ses discours, quelquefois pleins
de véhémence, et toujours pleins de sagesse,
il rappelle à ceux qui l'écoutent l'histoire des
temps passés. Il a les mœurs d'un vieillard
homme d'état et homme de lettres.

La candeur, la confiance et la bonté sont
les qualités qui distinguent le jeune roi de Na-

varre, depuis Henri IV. L'âge de ce prince et
la nature du sujet ne me permettaient pas de
lui donner dans cette tragédie un rôle très.im-
portant ; mais il est respecté même par ses
ennemis ; il est annoncé comme devant être
quelque jour un grand homme ; et le chancelier de l'Hôpital, en quittant une cour perfide,
présage le bonheur des Français s'il parvient
à régner sur eux. Enfin le roi de Navarre
devance le cri de la nation entiere, dans son
imprécation contre Charles IX.

Les personnages de cette piece se nomment
mutuellement *sire, madame,* ou *monsieur.*
Le mot *seigneur*, qui serait absurde dans les
tragédies nationales, ne peut être à sa place
que dans les pieces où l'on peint les mœurs
espagnoles et italiennes ; il est déraisonnable
lorsqu'on fait parler les anciens Romains ou
les Grecs. Le mot qui répond en grec au mot
seigneur n'est jamais employé dans Sophocle
et dans les autres tragiques d'Athenes. La
grande connaissance que Racine avait de la
littérature ancienne ne permet de lui faire
qu'un reproche, c'est d'avoir cédé trop facile-

ment, en ce point comme en quelques autres,
à l'usage établi sur la scene française. Les
hommes tels que lui sont faits pour mener
leur siecle, et non pour le suivre. Leurs moin-
dres omissions tirent à conséquence. La multitude, qui ne raisonne pas, se prévaut de leur
exemple, quelquefois involontaire ; et leur autorité triomphe long-temps de la raison la
plus évidente.

Il me reste à faire une réflexion générale et
relative aux mœurs publiques. Qu'on s'avise
de faire des tragédies en prose ; qu'on nous
exhorte à laisser là Sophocle et Racine pour
imiter les dégoûtantes absurdités du théâtre
anglais, et les niaiseries burlesques du théâtre allemand ; ces sottises sans conséquence
sont plus divertissantes que dangereuses : tout
cela passe, et va bientôt du ridicule à l'oubli.
L'ennemi constant, le fléau le plus redoutable, je ne dis pas seulement de notre théâtre,
mais des arts et des mœurs chez les nations
modernes, c'est cet esprit de galanterie, fruit
de l'ignorance de nos ancêtres, esprit contraire au vrai but de la société, esprit humi-

liant pour le sexe qui est convenu d'être
trompé, et plus encore pour celui qui trompe.
Je n'en chercherai point l'origine, je n'en
suivrai point les progrès ; cette question in-
téressante, et que je pourrai traiter ailleurs,
me menerait ici beaucoup trop loin. Qu'il me
suffise d'établir, de maniere à n'être point
désavoué par les gens capables de réflexions,
qu'il me suffise de faire sentir que cet esprit déraisonnable a ralenti singulièrement la marche des nations modernes dans les arts et dans
la morale : il a pour ainsi dire mutilé nos passions. Mais les vertus et les talents viennent
des passions ; mais les seules passions font
concevoir et exécuter de grandes choses.

Si toute l'Europe est dominée de cette
chimere puérile, la nation française en est
plus atteinte que toute autre, non par un caractere particulier, mais par une foule de circonstances qu'il serait trop long d'expliquer
ici. Entrez dans l'attelier de nos peintres, de
nos sculpteurs, courez à nos théâtres, ouvrez
nos poëtes, nos orateurs, nos historiens
même, parcourez nos livres de morale, et

jusqu'à nos livres de physique ; vous trouverez par-tout des traces de cet incurable pré-
jugé. Et qu'on ne dise pas que c'est une suite
nécessaire de la civilisation ; la galanterie di-
minue au contraire à mesure que les peuples
sont plus civilisés. Je prends à témoin l'expérience. Je ne parlerai point ici des Romains
et des Grecs, qui n'ont jamais connu ces
mœurs ridicules. Je veux m'en tenir aux
modernes. Comparez le dix-huitieme siecle
au temps de la chevalerie.

Femmes, sexe timide et sensible, fait pour
être la consolation d'un sexe qui est votre
appui, ne craignez point cette austere et
tragique peinture des forfaits politiques. Le
théâtre est d'une influence incalculable sur les
mœurs générales. Il fut long-temps une école
d'adulation, de fadeur et de libertinage ; il
faut en faire une école de vertu et de liberté.
Les hommes n'y recevront plus de ces molles
impressions qui les dénaturent. Ils devien-
dront meilleurs et plus dignes de votre amour.:
ils redeviendront des hommes. Les mœurs des
villes ne se modeleront plus sur les mœurs

dépravées de la cour. On ne verra plus en France hommes et femmes, sans pudeur et même sans passions, troquer de sexe, pour ainsi dire, et se déshonorer mutuellement par cet échange monstrueux.

Peres de famille, laissez fréquenter à vos enfants ces spectacles séveres. Avec le respect des lois et de la morale, ils y puiseront le goût de notre histoire, étrangement négligée dans les colleges. Et vous, enfants, nation future, espérance de la patrie et d'un siecle qui n'est pas encore, vous ne serez point les hommes des anciens préjugés et de l'ancien esclavage; vous serez les hommes de la liberté nouvelle. C'est à vous sur-tout que mes écrits conviennent. Je sais qu'un philosophe, un poëte, un écrivain, ne doit attendre de justice complete que lorsqu'il n'en peut plus jouir, et qu'il est enseveli dans la poussiere du tombeau. Mais ceux qui commencent la vie sont peu jaloux de ceux qui approchent du terme; et si j'existe encore dans trente années, au milieu des clameurs calomnieuses qui m'auront assailli dès ma

jeunesse, vos suffrages consoleront sans doute
la vieillesse du poëte national.

Il est nécessaire qu'un auteur tragique se
roidisse contre le torrent des modes fugitives.
La tragédie doit peindre les passions humaines
dans leur plus grande énergie. La différence
des époques et des contrées exige quelques
légeres différences dans les formes : mais le
fonds doit être le même. L'esprit change ;
le cœur humain ne saurait changer. Mais s'il
faut peindre la nature, où la trouver autour
de nous ? elle est si fardée, si voilée, si
chargée de vêtements étrangers, qu'elle n'est
plus reconnaissable. Jetons au loin ces prétendus ornements qui la couvrent et la dé-
guisent, nous retrouverons la pureté des
formes antiques. Les Grecs l'ont représentée
nue dans leurs poëmes comme dans leurs statues. Les mœurs, les institutions, les lois,
les usages, tout les conduisait à la vérité ;
tout nous pousse en sens contraire. Ils ne
connaissaient pas les préjugés gothiques, et
l'hydre des conventions qui nous assiege. Sui-
vons le conseil d'Horace ; lisons-les jour et

nuit. Il ne s'agit plus de les traduire ; remplissons-nous de leur esprit, et créons comme eux.

Des hommes qui n'ont rien à dire, s'écrient sans cesse qu'on a tout dit. Ces mots n'ont point de sens, et jamais on ne peut tout dire. L'art suivra le destin de son modele ; il s'épuisera quand la nature deviendra stérile. Mais la nature, qui n'entre pas dans les passions des petits critiques, produira toujours des objets variés entre eux, malgré leur ressemblance apparente, et toujours des hommes supérieurs, en très petit nombre, il est vrai, qui sauront appercevoir et peindre cette extrême variété. Le zele des prophetes de malheur, prêts dans tous les temps à désespérer de leur siecle, est dicté par la vanité jointe à l'impuissance, et nullement par la saine raison. Le génie même ne peut deviner les bornes du génie. Je vais plus loin ; l'individu doué de cette faculté précieuse qu'on nomme génie ne peut deviner ses propres forces. Il ne saurait prévoir à quel degré des circonstances, quelquefois prochaines, pourront exalter son ame.

Je sais qu'on imprime encore, à la fin du dix-huitieme siecle, que la philosophie est une invention pernicieuse, et que tout sera bouleversé, si elle vient à triompher dans l'esprit des hommes : c'est dire en d'autres paroles que tout sera bouleversé quand les hommes auront du bon sens. Si c'est une vérité, il faut convenir du moins qu'elle n'est pas évidente. On peut d'ailleurs prédire aux ennemis de la philosophie que tous leurs efforts seront inutiles. Permis à eux de retourner de la lumiere aux ténebres; mais qu'ils ne se flattent pas d'y ramener l'Europe. Elle s'avance à grands pas des ténebres à la lumiere. C'est la marche nécessaire de l'esprit humain, qui ne peut rétrograder depuis l'invention de l'imprimerie.

Puissé-je dans mes ouvrages, et sur-tout dans des tragédies politiques et nationales, ne pas rester inutile au progrès de cette philosophie bienfaisante et courageuse! Puisse l'étude et l'expérience mûrir mon faible talent! Puissé-je élever un jour quelques monuments qui ne déshonorent point la langue française, et qui ne soient pas tout-à-fait indignes d'une Nation éclairée depuis près de deux siecles par le génie des grands écrivains !

22 Août 1788.

4.

PERSONNAGES.

CHARLES IX, roi de France.

CATHERINE DE MÉDICIS, mere de Charles IX.

HENRI DE BOURBON, roi de Navarre.

LE CARDINAL DE LORRAINE.

LE DUC DE GUISE.

L'AMIRAL DE COLIGNI.

LE CHANCELIER DE L'HÔPITAL.

MEMBRES DU CONSEIL.

PROTESTANTS de la suite de Coligni.

COURTISANS.

PAGES.

GARDES.

La scene est dans Paris, au château du Louvre.

CHARLES IX,

ou

LA SAINT-BARTHÉLEMI.

ACTE PREMIER.

SCENE PREMIERE.

COLIGNI, HENRI.

COLIGNI.

Oui, j'ai quitté pour vous les bords de la Charente.
Ainsi le desira votre mere expirante ;
Ses desirs sont mes lois; ses ordres sont suivis:
Par zele et par devoir je m'attache à son fils.
Parmi les courtisans je viens sans confiance;
De leur génie affreux j'ai trop l'expérience;
Je crains que l'avenir ne ressemble au passé :
Par un assassinat la paix a commencé.
N'importe : Coligni, défiant, mais sincere,
Va signer aujourd'hui cette paix nécessaire:
J'oublîrái mes périls pour vos félicités.

Mais vous, qui, sur ces bords si long-temps attristés,
Ramenez les plaisirs et la douce alégresse,
Vous, mon héros... mon fils, dont l'heureuse jeunesse
N'a point acquis le droit de craindre les humains,
Lorsqu'un hymen brillant sourit à vos destins,
Lorsque vous paraissez, dans la pompe des fêtes,
Un astre bienfaisant qui calme les tempêtes,
Quel chagrin, de vos jeux interrompant le cours,
Vient obscurcir l'éclat répandu sur vos jours?

HENRI.

Il est de ces instants où l'ame anéantie
D'un sinistre avenir paraît être avertie;
Et souvent en effet ces secretes terreurs
Des désastres prochains sont les avant-coureurs.
Je goûte des plaisirs empoisonnés d'alarmes;
Au milieu de ces jeux dont vous vantez les charmes,
Dans l'épaisseur des nuits, aux moments du repos,
Dans le lit nuptial, je me peins des complots,
Le poison terminant les jours de votre frere,
Et peut-être au tombeau précipitant ma mere,
Des crimes, des malheurs, et les champs odieux
Où Condé, ce grand homme, expira sous nos yeux,
D'un carnage éternel nos régions fumantes,
Et des princes lorrains les intrigues sanglantes,
Vos amis et les miens, victimes des traités,
Au milieu de la paix proscrits, persécutés,
Dans les murs de Vassi massacrés sans défense,
Accusant leur trépas inutile à la France.

Le dirai-je? un prodige augmente mon effroi :
Hier nous commencions, d'Alençon, Guise, et moi,
Ces jeux qui sembleraient réservés à l'enfance,
Où, toujours agité par l'avide espérance,
Un oisif courtisan, consumant son loisir,
Perd ses biens et le temps, sans trouver le plaisir.
Trois fois j'ai repoussé le trouble qui me presse :
Apprenez, dussiez-vous condamner ma faiblesse,
Ce que j'ai vu, sans doute, ou ce que j'ai cru voir,
Ce que moi-même enfin je ne puis concevoir,
Ce qui s'offre sans cesse à mon ame éperdue ;
Trois fois les dés sanglants ont effrayé ma vue.

COLIGNI.

Sire, l'aspect d'un Guise a fasciné vos yeux :
Les Guises ont toujours ensanglanté ces lieux ;
Et, sans vous alarmer d'un sang imaginaire,
Maurevel a commis un crime mercenaire :
A des pieges mortels ils ont déja recours,
Au sein du Louvre même ils achetent mes jours.
Ils regnent. Vous savez si je dois les connaître.
Croyez-moi cependant; Bourbon ne doit pas être
Un de ces rois sujets des superstitions,
Enfants qui du sommeil gardent les passions,
Et qui, sur les projets qu'un songe leur inspire,
Risquent, à leur réveil, le destin d'un empire.
D'ailleurs, auprès du roi vos amis et les miens
Ont, même avant ce jour, trouvé quelques soutiens :
Du prudent l'Hôpital souvent la voix propice

Fit au sein des combats respecter la justice ;
De l'orgueilleux Lorraine il est vrai que le choix
L'a proclamé jadis ministre de nos lois :
Ce choix fut commandé par l'estime publique :
Mais des Guises bientôt lorsque la politique
Souillait de sang français un glaive ambitieux,
L'Hôpital opposait aux cris séditieux
Des desseins toujours purs, des conseils toujours sages ;
Et ce reste imposant des vertus des vieux âges
S'élevait au milieu des courtisans surpris,
Comme un grand monument planant sur des débris.
Si Médicis, fidele aux mœurs de ses ancêtres,
Rassemble auprès du roi des flatteurs et des prêtres,
Si d'une cour perfide il est environné,
Si de nos ennemis le souffle empoisonné
Voulut dès le berceau corrompre son enfance,
Je crois, j'aime à penser que, pour notre défense,
Son cœur mieux averti lui parlera toujours.
Du moins quand Maurevel attenta sur mes jours,
Charles vint s'affliger sous mon toit solitaire ;
Ainsi que vous, mon fils, il me nomma son pere ;
Sa pitié consolante adoucit mes douleurs,
Et mes cheveux blanchis sont mouillés de ses pleurs.
Peut-être je n'ai point fléchi ma destinée.
L'ame de Coligni n'en est pas étonnée ;
Mon courage est à moi ; le reste est au hasard.
Je ne puis opposer à la fraude, au poignard,
Qu'un cœur inébranlable et quelque renommée :

Ce Louvre me verra tel que m'a vu l'armée,
Bravant les assassins jusqu'à mon dernier jour,
Et servant la patrie, en méprisant la cour.

HENRI.

Que les lieux où jadis s'écoulait mon enfance
Avec un tel séjour ont peu de ressemblance,
Et combien je rends grace aux généreux humains
Qui des mâles vertus m'ont ouvert les chemins!
Je ne ressemblais point à ces princes vulgaires,
Confiés en naissant à des mains mercenaires,
Enivrés de respects, d'hommages séducteurs,
Livrés aux courtisans, condamnés aux flatteurs,
A l'art des souverains façonnés par des prêtres,
Et sans cesse bercés du nom de leurs ancêtres.
Au lieu de serviteurs à mes ordres soumis,
Je voyais près de moi des égaux, des amis :
Au travail, au courage, à la franchise altiere,
On exerçait alors notre élite guerriere :
Là, bravant du midi les brûlantes ardeurs,
Ou des hivers glacés supportant les rigueurs,
Là gravissant les monts, et les rochers arides,
Nous formions notre enfance à des jeux intrépides.
De vous et de Condé suivant bientôt les pas,
Je remplaçai mon pere au milieu des combats.
Enfin je suis entré dans une autre carriere.
A mes yeux tout-à-coup quelle image étrangere !
Des guerriers sans pudeur, de mollesse énervés,
Perdus par un vain luxe, avec art dépravés;

Des femmes gouvernant des princes trop faciles;
Aux passions d'un roi des courtisans dociles,
Que le seul intérêt fait agir et parler,
Sachant tout contrefaire et tout dissimuler.
En voyant leurs plaisirs, et leur fausse alégresse,
Et leurs vices polis, voilés avec adresse,
J'ai regretté cent fois nos grossieres vertus,
Nos monts et nos rochers de frimas revêtus,
Les pénibles travaux, le tumulte des armes,
Et mes premiers succès, pour moi si pleins de charmes,
Et ces camps généreux où parmi des guerriers
Votre éleve croissoit à l'ombre des lauriers.

S C E N E II.

COLIGNI, HENRI, L'HÔPITAL.

L'HÔPITAL.

Sire, et vous, Coligni, c'est Charles qui m'envoie.
Ouvrez tous deux vos cœurs à la publique joie:
Lorraine à l'instant même arrive en ce palais,
Et selon vos desirs il a réglé la paix.
Tout le peuple à grands cris bénit cette journée:
C'est peu que d'un saint nœud la pompe fortunée,
Faisant cesser la haine entre deux jeunes rois,
Mêle au sang des Bourbons le sang de nos Valois;

Cette douce union doit être cimentée
Par les liens communs d'une paix respectée.
On respire ; un jour pur se leve enfin sur nous :
Le bonheur des Français sera signé par vous :
Les arts consolateurs vont embellir nos villes ;
Ils feront oublier ces discordes civiles,
Où le fer, sans pudeur brisant tous les liens,
Verse des deux côtés le sang des citoyens.
A remplir cet espoir le jeune roi s'empresse :
Sa mere en a versé des larmes d'alégresse ;
Tous deux avec la cour vont se rendre en ces lieux :
Pour moi, dont cette cour a fatigué les yeux,
Moi, témoin trop tardif de quelques jours prosperes,
Si proche du cercueil où m'attendent mes peres,
J'aurai vu le bonheur de la France et de vous,
Et mes derniers soupirs m'en paraîtront plus doux.

COLIGNI.

O vertueux vieillard dont la gloire est chérie,
Vivez long-temps pour nous ; vivez pour la patrie ;
Soyez toujours l'oracle et l'appui des Français :
C'est à vous, l'Hôpital, que nous devons la paix ;
Sans vous nous périssions ; votre prudence active
Aux maux des deux partis fut sans cesse attentive.
Hélas ! bien loin de vous, dans les jours du malheur,
Votre nom prononcé calmait notre douleur :
Votre image aux soldats était toujours présente ;
Lorsqu'on leur annonçait une loi bienfaisante,
Ils disaient : L'Hôpital a dicté cette loi ;

Mais quand ils apprenaient par le public effroi
Quelque édit révoltant, quelque grande injustice,
Ils disaient : L'Hôpital n'en est point le complice.

SCENE III.

CHARLES, CATHERINE, HENRI,
COLIGNI, L'HÔPITAL, LORRAINE,
GUISE; PROTESTANTS DE LA SUITE
DE COLIGNI, COURTISANS, PAGES, GARDES.

CATHERINE, *bas à Lorraine.*

FLATTONS nos ennemis ; ne nous trahissons pas :
Ce jour verra la paix, cette nuit leur trépas.

CHARLES.

Vous tous qui m'écoutez, soutiens de mon empire,
Dont le cœur généreux pour la France respire,
Un grand évènement doit signaler ce jour,
L'olive dans la main, la Paix est de retour.
Fixons-la désormais par un traité durable.
Je signe le premier cet acte vénérable
Qui par tous les partis fut long-temps desiré :
Gage de nos serments, qu'il soit toujours sacré ;
A nos champs dévastés qu'il rende l'abondance ;
Et qu'entre les enfants son heureuse influence
Fasse renaître encore en ce jour précieux
L'amitié qui jadis unissait leurs aïeux.

L'HÔPITAL.

Sire, d'un vieux Français laissez couler les larmes.

Hélas ! quand vos édits répandaient tant d'alarmes,
Contraint de les signer, j'ai maudit mon emploi :
Il m'est cher aujourd'hui ; je signe, après mon roi,
Une paix que mes vœux sollicitaient sans cesse.
Heureux de voir ce jour, je bénis ma vieillesse.
Après dix ans de guerre, ô France, ô mon pays,
J'ai vu finir tes maux ; mes destins sont remplis.

CATHERINE.

En signant cette paix j'acheve mon ouvrage.
Bourbon, jeune héros, dont le noble courage
Presque dès le berceau promit de grands destins,
Avec soin j'écoutai ces présages certains ;
Mon cœur vous désigna pour l'époux de ma fille.
Et vous, digne héritier d'une illustre famille,
Vous qui, des Châtillons surpassant les exploits,
Défendîtes long-temps le trône des Valois,
Soyez encor l'appui, non l'effroi de vos maîtres.
Le rang, les dignités, les biens de vos ancêtres,
Tout vous est aujourd'hui rendu par ce traité :
Rendez-nous votre cœur, votre bras indomté.
L'étranger, nourrissant nos guerres intestines,
A grossi son pouvoir fondé sur nos ruines :
Que ses lâches complots soient promptement punis,
Et que Philippe tremble en nous voyant unis.

LORRAINE.

Je signe avec transport. Coligni, daignez lire
Cet important traité qui doit sauver l'empire.
Les articles d'avance étaient réglés par vous :
J'ai respecté vos vœux, je les ai suivis tous.

Nos débats éternels affligeaient le ministre ;
Ils offraient au prélat un aspect plus sinistre ;
D'un scandale trop long mes yeux étaient lassés.
Que Dieu cesse de voir ses enfants dispersés
Perpétuer entre eux le crime de la guerre ;
Que leur douce union console enfin la terre :
Français, chrétiens, pour nous la paix est un devoir.

GUISE.

La paix ! à ce nom seul tout se livre à l'espoir.
Je n'examine point si mon cœur la desire ;
Elle est le vœu du roi, c'est à moi d'y souscrire.
Marguerite, en passant sous les lois d'un époux,
Aurait pu m'inspirer des sentiments jaloux ;
Seul peut-être aujourd'hui j'aurais droit de me plaindre :
Mais ç'est la paix ; je signe, et, sachant me contraindre,
Pour l'intérêt public laissant mes intérêts,
Oubliant, dévorant mes déplaisirs secrets,
C'est au bien de l'état que je me sacrifie.

HENRI.

J'obéis au desir d'une mere chérie.
Son fils, la paix prochaine, et des nœuds éclatants,
Adoucissaient l'horreur de ses derniers instants.
Ma main n'a pu fermer ses mourantes paupières.
C'est au feu pâlissant des torches funéraires
Que j'ai de mon hymen allumé le flambeau,
Et l'autel m'attendait auprès de son tombeau.
Mais Coligni me reste ; et du moins elle laisse

Un guide à ma vaillance, un pere à ma jeunesse.
Coligni m'a comblé de ses soins assidus;
Avec ses intérêts les miens sont confondus.
De son cœur généreux si l'attente est remplie,
Je signe aveuglément, et sans peine j'oublie
Ces jours, ces temps affreux, où nos calamités
Croissaient à chaque instant, même par des traités.

COLIGNI.

Laissons ces souvenirs; Coligni les déteste.
Ombres des Châtillons, c'est vous que j'en atteste,
Héros dont la franchise égalait la valeur,
Et qui m'avez frayé les routes de l'honneur;
Vrais chevaliers français, mes aïeux, mes modeles,
Dont les levres, du cœur interpretes fideles,
Ont fait au sein des cours parler la vérité;
Vous, grands dans le bonheur, grands dans l'adversité :
C'est par vous, devant vous, que je jure à la France
De remplir de mon roi la sublime espérance.
Dans nos derniers combats plus d'un laurier cueilli
Avait long-temps orné mon front enorgueilli :
J'en rougis maintenant. Vous voyez cette épée;
Sire, le sang français l'a trop souvent trempée :
Que ce sang précieux s'efface avec mes pleurs.
J'ai bravé vos édits, mes dangers, mes malheurs:
En vain sur tout l'état votre trône s'éleve;
Nul pouvoir de mes mains n'eût arraché ce glaive;
Il tombe : Coligni, vaincu par vos bienfaits,

5.

Le dépose à vos pieds, et signe enfin la paix.

CHARLES.

Acceptez cette épée : à l'étranger fatale,
Elle a de mon aïeul armé la main royale ;
Les soutiens de l'Autriche ont éprouvé ses coups ;
Pure de sang français, elle est digne de vous :
Aux mains de Coligni qu'elle reste invincible :
Mon aïeul la portait dans ce combat terrible
Qui sous le long effort de nos preux chevaliers
Des monts helvétiens vit tomber les guerriers.
Quittons ces lieux, madame, et préparons des fêtes,
Non telles qu'on en voit au moment des conquêtes,
Dans ces malheurs brillants qu'on nomme des succès,
Non ces jeux sans plaisir, ennemis de la paix,
Que célèbre l'orgueil, et non pas l'alégresse,
Mais des jeux embellis par la publique ivresse ;
Et d'un peuple enchanté que l'innocente voix
Calme le noir souci qui veille au cœur des rois !

Fin du premier acte.

ACTE II.

SCENE PREMIERE.

CHARLES, CATHERINE.

CATHERINE.

Mon fils, ce coup d'état nous est trop nécessaire.

CHARLES.

Mais le jour de la paix !

CATHERINE.

La croyez-vous sincere ?

CHARLES.

Immoler tout un peuple !

CATHERINE.

Il s'agit de régner,

CHARLES.

Cet effroyable coup peut du moins s'éloigner.

CATHERINE.

Frappons cette nuit même.

CHARLES.

Ah ! ma pitié l'emporte.

CATHERINE.

Vous aviez consenti.

CHARLES.

Je le sais, mais n'importe.

Ce n'était point, madame, à l'instant de frapper ;
Je m'essayais moi-même, et j'osais me tromper ;
Je m'abusais, vous dis-je : il n'est plus temps de feindre.
Je me croyais plus fort. Mais qu'avons-nous à craindre ?
Ne précipitons rien : je veux que les esprits,
Égarés tant de fois, soient toujours plus aigris,
Que la paix soit encore ou vaine, ou peu durable,
Que des chefs protestants l'ambition coupable
De la France à mes yeux prétende disposer ;
Mais n'avons-nous enfin rien à leur opposer ?
Si dans le fond du cœur ils sont encor rebelles,
Ceux qui m'ont défendu, ceux qui me sont fideles,
Mes amis. . . . .

CATHERINE.

      Il faut bien vous éclairer, mon fils :
Vous ignorez encor qu'un roi n'a point d'amis.
Je vous donne, il est vrai, des lumieres fatales :
Mais de vingt nations parcourez les annales ;
Vous trouverez par-tout d'infideles sujets,
Rampant et frémissant sous le joug des bienfaits,
Ardents à trafiquer de la honte et du crime,
Prêts à vendre l'état et leur roi légitime,
A changer de devoir sitôt qu'un autre roi
Marchande imprudemment ce qu'on nomme leur foi.
L'intérêt fait lui seul les amis et les traîtres.
Prenez du moins, prenez leçon de vos ancêtres.
Sans remonter bien loin, le roi François premier
Fut un généreux prince, un noble chevalier,
Il enrichit Bourbon et le combla de gloire.

Bourbon devait sans doute en garder la mémoire :
Mais ce chef renommé , funeste à l'empereur,
Et qui dans ses cités répandait la terreur ,
Flétrissant tout-à-coup le nom de connétable,
Devint pour l'empereur un appui redoutable,
Et contre les Français guidant leurs ennemis ,
Eut l'exécrable honneur de vaincre son pays.
Ils se ressemblent tous : connaissez leur faiblesse ,
Et sachez les domter à force de souplesse.
Tous ceux qui maintenant ont soin de vous venger,
Ceux-là même oséront un jour vous outrager.
Sur-tout , vous êtes jeune et sans expérience ,
Craignez des protestants traités , paix , alliance.
Ils ne vous aiment pas , vous devez y compter :
Ils respirent, le mal ne peut plus s'augmenter :
Vous régnez.

CHARLES.

        J'aurais dû , si le mal est extrême ,
Commander mon armée et les punir moi-même.
Deux fois le duc d'Anjou, confondant leurs desseins ,
Dans un sang criminel a pu tremper ses mains.
A tous les jeux obscurs d'une oisive mollesse
Vous avez cependant condamné ma jeunesse.
Vous n'aimez que mon frere , et je passe mes jours
A l'entendre louer, à l'admirer toujours.
Il regne, et c'est lui seul que tout mon peuple adore ;
Dans les dangers publics c'est lui seul qu'on implore ;
Il ne me reste plus qu'à recevoir ses lois.
Français comme mon frere , et du sang des Valois,

A leur gloire immortelle il me fallait atteindre :
Mais l'avez-vous permis ?

CATHERINE.

Et vous osez vous plaindre !
J'aurais pu pardonner des sentiments jaloux
Au jeune infortuné qui régnait avant vous.
Hélas ! ce prince aveugle, à lui-même contraire,
Repoussait les conseils et le cœur de sa mere.
Vous ne me voyez pas vous confondre avec lui.
Que dans les champs guerriers d'Anjou soit votre appui ;
Un tel honneur convient à la seconde place.
Je sais que votre cœur plein d'une noble audace,
A pour les grands exploits un penchant glorieux ;
Je sais que trop souvent on a vu vos aïeux,
Entourés au combat de sang et de poussiere,
Dans leur propre péril jeter la France entiere :
Pour moi, je les condamne, et le chef de l'état
Ne doit pas affecter les vertus d'un soldat.
Il est d'autres honneurs, il est une autre gloire,
Et l'art de gouverner vaut mieux qu'une victoire.
Niece du grand Léon, fille des Médicis,
Dans ce chemin glissant je puis guider mon fils :
L'esprit qui les forma fut aussi mon partage ;
Et j'ai su, les Français m'en rendront témoignage,
Punir ou caresser suivant nos intérêts
L'orgueil séditieux de vos premiers sujets,
Feindre de voir en eux tout l'appui de la France,
Des honneurs les plus grands enfler leur espérance,
Renverser tout-à-coup cette gloire d'un jour,

Les flatter, les gagner, les tromper tour-à-tour,
Et contre eux tous enfin, m'armant de leur faiblesse,
Régner par la discorde et diviser sans cesse.
Quand, durant votre enfance, on vit les protestants
S'unir contre la cour aux princes mécontents,
De Guise et de son frere élevant la puissance,
Je voulus arrêter le mal en sa naissance ;
Mais devenus tous deux trop grands par mes bienfaits ;
Ils régnaient dans ce Louvre, et je conclus la paix.
Je me fis des amis dans le parti contraire.
L'ambitieux Condé, s'éloignant de son frere,
Bon sujet un moment, mais afin d'être roi,
Crut m'acheter lui-même, et se vendit à moi.
Avec Montmorenci je vis enfin s'éteindre
Le nom des Triumvirs qui n'était plus à craindre.
Ce vieux soldat, toujours contre moi déclaré,
Rejoignit dans la tombe et Guise et Saint-André.
Il existait encor des ligues insolentes :
Contraints de recourir à des treves sanglantes,
Nous avons trop connu les différents partis ;
Long-temps de leur pouvoir ils nous ont avertis,
Mon fils, et si bientôt vous n'agissez, peut-être
Ce Coligni bientôt deviendra notre maître.

CHARLES.

Qui ? lui !

CATHERINE.

J'ai dit le mot : c'est à vous de penser
Si vous avez encor le temps de balancer.
Devant vous à l'instant ne viens-je pas d'entendre

Ses discours, ses conseils, ce qu'il ose prétendre ?
Et n'avez-vous pas vu que son esprit jaloux
Veut m'écarter moi-même et dominer sur vous ?
Le nom de la patrie est toujours dans sa bouche ;
Mais de ses vains discours l'austérité farouche ,
Trompant quelques esprits, ne peut m'en imposer:
Ses avis sont d'un maître ; et j'ai dû supposer,
D'après tous ces combats où sans cesse il aspire,
Qu'il veut accoutumer le peuple à son empire.

CHARLES.

Je l'ai souvent pensé, je le sens, je le croi.

SCENE II.

CHARLES, CATHERINE, LORRAINE.

CATHERINE.

Ministre des autels, venez vous joindre à moi.
Vous savez que le jour où la paix fut conclue
La mort des protestants fut aussi résolue :
Et ce coup nécessaire au salut de l'état ,
Punissant des mutins l'éternel attentat,
Des rives de la Seine aux bords de la Durance
Devait purifier les cités de la France.
Notre espoir est trahi, nos vœux sont superflus:
Mon fils craint de régner ; il veut et n'ose plus.
Ramenez, s'il se peut, sa jeunesse imprudente.

LORRAINE.

Quoi ! sire, est-il bien vrai ? quoi ! votre ame flottante

Refuse d'obéir au vœu de l'Éternel !

CHARLES.

Si telle est en effet la volonté du ciel ,
Celui de qui je tiens mon rang et ma puissance
Me trouvera toujours prêt à l'obéissance.
Cependant je ne puis concevoir aisément
Comment le roi des rois , le Dieu juste et clément ,
Devenant tout-à-coup sanguinaire et perfide ,
Peut ainsi commander la fraude et l'homicide ;
Comment il peut vouloir qu'à l'ombre de la paix
Un roi verse à longs flots le sang de ses sujets.
Pontife du Très-Haut , c'est à vous de m'instruire.

LORRAINE.

Écoutez donc son ordre, et laissez-vous conduire.

CHARLES.

J'attends avec respect cet ordre redouté.

LORRAINE.

Le Dieu que nous servons est un Dieu de bonté ;
Mais dans les livres saints s'il prêche l'indulgence ,
Il commande souvent la guerre et la vengeance.
Sur le mont Sinaï , l'avez-vous oublié ?
Étouffant les clameurs d'une indigne pitié ,
Les enfants de Lévi , ministres sanguinaires ,
Pour plaire au Dieu jaloux ont immolé leurs freres ;
Et la faveur du ciel , appaisé désormais ,
Sur les fils de leurs fils descendit à jamais.
S'il a tonné , ce Dieu , par la voix de Moïse ,
Il emprunte aujourd'hui la voix de son église.
Pensez-vous qu'un monarque ait droit d'examiner

Ce que veut l'Eternel, ce qu'il peut ordonner ?
Mais vous, roi très chrétien, vous de qui la jeunesse
Semble avoir obtenu le don de la sagesse,
Vous de tant de saints rois noble postérité,
De leur zele héroïque avez-vous hérité ?
Fils aîné de l'église, en vous l'église espere :
Éveillez-vous, frappez, et vengez votre mere.
Frappez, n'attendez pas que son sein déchiré
Accuse votre nom vainement imploré.

Craignez, jeune imprudent, de recevoir des maîtres ;
Tremblez que, vous ôtant le rang de vos ancêtres,
Dieu ne vous fasse encor répondre de nos pleurs,
Et des maux de l'église, et de tous vos malheurs.

CHARLES.

Arrêtez, loin de moi cet avenir horrible !
Arrêtez. De mon Dieu j'entends la voix terrible ;
Il m'échauffe, il me presse, il accable mes sens :
Eh bien ! j'obéirai, c'en est fait, j'y consens ;
Je répandrai le sang de ce peuple perfide :
Après tout, ce n'est pas le sang qui m'intimide :
Je voudrais me venger ; mais ce grand coup porté,
Ma couronne et mes jours sont-ils en sûreté ?

CATHERINE.

Ils y seront alors.

CHARLES.

Vous avez ma promesse :

Mais, je dois l'avouer, soit prudence ou faiblesse,
J'aurais voulu choisir un parti moins affreux.
De mes prédécesseurs les ordres rigoureux

Ont souvent, je le sais, sous des peines mortelles
Interdit aux Français ces croyances nouvelles.
Je comptais rétablir les antiques édits;
Je voulais au conseil en proposer l'avis.

LORRAINE.

Il faut les rétablir, mais après la vengeance.
Des esprits toutefois gagnons la confiance;
Proposez votre avis. Vous allez effrayer
La moitié du conseil, sur-tout le chancelier.
Mais tout dissimuler serait une imprudence;
On peut se méfier d'un excès de clémence.
Proposez votre avis. Un si vaste projet
Veut de l'art, veut des soins, veut un profond secret.
Que l'Amiral trompé...

CHARLES.

Je le jure, et sans peine.
Je pourrai le tromper; je le sens à ma haine.
Il doit, vous le savez, me parler en ces lieux.

CATHERINE.

Oui, de projets, dit-il, importants, glorieux.

LORRAINE.

Quels que soient ces projets il faut vous y soumettre.

CATHERINE.

Ne voulant rien tenir, vous devez tout promettre.

LORRAINE.

Enivrez-le d'espoir; qu'il ne puisse un instant
Ou voir ou deviner le piege qui l'attend.

CATHERINE.

Il vient. Retirons-nous.

SCENE III.

CHARLES, COLIGNI.

CHARLES.

Assez long-temps peut-être
Vous avez, Coligni, méconnu votre maître.
Vous recouvrez enfin, dans ce jour de pardon,
Le crédit, les honneurs dus à votre maison;
D'un frere fugitif je vous rends l'héritage,
Et toujours mes bienfaits seront votre partage.
Approchez-vous, mon pere.

COLIGNI.

Ô mon maître! ô mon roi!

CHARLES.

D'écouter vos conseils je me fais une loi.
Oui; mon cœur les attend avec impatience.

COLIGNI.

Si j'ai repris mes droits à votre confiance;
Si ce glaive royal est remis à mon bras,
Je veux le mériter par de justes combats;
J'augmenterai sa gloire en vengeant nos miseres:
Philippe et ses sujets sont nos vrais adversaires:
De l'univers entier Philippe détesté,
Vit heureux et paisible, et presque respecté.
Je ne chercherai point à vous compter ses crimes;
Jusques dans sa famille il a pris des victimes;
Carlos, avant le temps, au tombeau descendu,
Jette un cri douloureux qui n'est pas entendu.

Le sang de votre sœur réclame la vengeance.
Maintenant savez-vous quelle est son espérance ?
Déjà dans sa pensée il combat les Français.
Sur nos divisions il bâtit ses succès :
Le cruel dissimule ; il observe, il épie
S'il pourra dans nos champs porter le glaive impie ;
Si les jours sont venus où de perfides mains
Oseront jusqu'à vous lui frayer des chemins.
Quelques moments encor... et nous pourrions l'attendre !
A guider vos soldats si j'ose encor prétendre,
Oui, j'y prétends, sur-tout afin de le punir ;
Dans ses affreux desseins je cours le prévenir.
Mais il faut travailler au bien de la patrie.
Sire, n'employez pas, c'est moi qui vous en prie,
Retz, et Guise, et Tavane, et tous ces courtisans
Des malheurs de la France odieux artisans :
Recherchez un guerrier...faut-il que je le nomme ?
Qui porte dans ses yeux le vœu d'être un grand homme.
Aux champs de la Belgique envoyez des soldats ;
Henri sera leur chef, et d'autres sur mes pas,
S'avançant aussitôt le long des Pyrénées,
Prendront du Biscayen les villes consternées.
Là jusques à l'hiver je bornerai mes coups ;
Je veux m'y retrancher : et, si l'on vient à nous,
Ensevelir aux champs d'une autre Cérisolles
Ces restes si vantés des bandes espagnoles ;
Puis au sein de Madrid, cherchant un furieux,
Venger de votre aïeul les fers injurieux,
Le trépas de Carlos, Isabelle immolée,

Et par un oppresseur l'Espagne dépeuplée.

CHARLES.

Cette guerre est utile, et je n'en puis douter ;
Mais avant d'entreprendre il faut se consulter.
Les armes des Français pourront-elles suffire
A combattre l'Espagne et le chef de l'Empire ?
Ou bien de mes états ce dangereux voisin
Va-t-il contre Philippe épouser mon destin ?
Pensez-vous qu'il oublie en faveur de la France
Et leurs communs aïeux et leur double alliance ?

COLIGNI.

Philippe, croyez moi, loin d'avoir son appui,
Malgré tant de liens, est étranger pour lui.
On sait depuis long-temps leur mésintelligence ;
Et nous devons sans doute en fixer la naissance,
Aux temps où Charles-Quint, lassé de sa grandeur,
Nommant son fils monarque et son frere empereur,
Aux mains de ses neveux fit tomber en partage
La plus noble moitié de son vaste héritage.
Plaignez, plaignez Philippe, il n'a que des soldats ;
L'amour de ses sujets ne le défendra pas ;
Le Vatican sera son unique refuge.
Voulez-vous prendre aussi le Vatican pour juge ?
Ah ! si Rome oubliait qu'un roi de votre nom
Réduisit Alexandre à demander pardon,
Quand le Tibre et le Pô, fiers de notre vaillance,
Coulaient avec orgueil sous les lois de la France,
Il ne vous faudrait pas, imitant vos aïeux,
Perdre chez les Toscans des jours victorieux;

Et ces temps ne sont plus où l'Europe avilie
Craignait les vains décrets du prêtre d'Italie.

CHARLES.

Tant de sagesse est rare en des projets si grands ;
Vous avez tout prévu ; c'est assez , je me rends.
Courrez venger l'état , l'honneur de mes ancêtres ,
Et le sang de Carlos , et le sang de vos maîtres :
Montrez aux Castillans un nouveau Duguesclin ;
Éteignez leur splendeur déja sur son déclin ;
Aux drapeaux des Français enchaînant la victoire ,
De vos heureux desseins éternisez la gloire :
Par l'époux de ma sœur ils seront secondés ;
C'est votre digne élève , et vous m'en répondez.

COLIGNI.

Sire , votre indulgence encourage mon zèle :
Oui , combattons l'Espagne et réglons-nous sur elle ;
Dans ses hardis projets il faut lui ressembler ,
Pour l'effacer un jour il la faut égaler.
Sachons , il en est temps , tout oser , tout connaître ,
Et qu'à la voix d'un roi vraiment digne de l'être
Le commerce et les arts , trop long-temps négligés ,
Par mes concitoyens ne soient plus outragés.
De ces fiers Castillans surpassons les conquêtes :
Les chemins sont frayés et les palmes sont prêtes.
Ce vaste continent qu'environnent les mers
Va tout-à-coup changer l'Europe et l'univers.
Il s'élève pour nous aux champs de l'Amérique
De nouveaux intérêts , une autre politique.
Je vois de tous les ports s'élancer des vaisseaux ;

Tout s'émeut, tout s'apprête à conquérir les eaux.
L'océan réglera le destin de la terre :
Le paisible commerce enfantera la guerre ;
Mais, ramenant les rois à leurs vrais intérêts,
Le besoin de commerce enfantera la paix,
Et cent peuples rivaux de gloire et d'industrie,
Unis et rapprochés, n'auront qu'une patrie.
Le plaisir, instruisant par la voix des beaux-arts,
Embellira la vie au sein de nos remparts.
Ah ! de cet heureux jour qui ne luit pas encore
Du Tibre à la Tamise on entrevoit l'aurore.
L'art de multiplier, d'éterniser l'esprit,
D'offrir à tous les yeux tout ce qui fut écrit,
Renouvelle le monde, et dans l'Europe entière
Déja de tous côtés disperse la lumiere ;
L'audace enfin succede à la timidité,
Le desir de connaître à la crédulité :
Ce qui fut décidé maintenant s'examine,
Et vers nous pas à pas la raison s'achemine.
La voix des préjugés se fait moins écouter ;
L'esprit humain s'éclaire ; il commence à douter :
C'est aux siecles futurs de consommer l'ouvrage.
Quelque jour nos Français, si grands par le courage,
Exempts du fanatisme et des dissentions,
Pourront servir en tout d'exemple aux nations.

CHARLES.

Si tels sont, Coligni, vos desirs magnanimes,
Si ces nobles projets, ces sentiments sublimes
Soutenaient votre espoir au milieu des combats,

Quel ascendant funeste a retenu vos pas
Sous des drapeaux français qui combattaient la France?
Ah ! souvent j'ai maudit jusqu'à votre vaillance.
Votre nom tous les jours arrivait jusqu'à moi ,
Prononcé par la haine et le public effroi.
Les pleurs de mes sujets empoisonnaient ma vie:
Fatigué de grandeurs , tel inspire l'envie ,
Dont les secrets ennuis méritent la pitié.
Qu'importe le pouvoir sans la douce amitié ?
Coligni , si mon cœur avait su vous connaître ,
Ce cœur infortuné la sentirait peut-être ;
Près de vos cheveux blancs elle aurait pu remplir
Mes inutiles jours perdus à vous haïr.
Que n'avez-vous franchi la barriere importune
Qui du sort d'un héros séparait ma fortune !
Qu'aisément mon courroux eût été désarmé !

COLIGNI.

Ce palais , votre cœur , tout nous était fermé.
Excusez ma franchise à la cour étrangere ;
Vous n'en redoutez point le langage sévere.
Eh bien , souffrez encor un avis généreux :
De tous ceux que m'inspire en ce moment heureux ,
A vous , à votre état , mon dévouement sincere ,
Ce sera le dernier , mais le plus nécessaire.
Sire , on vous a trompé ; vos édits inconstants ,
Scellés presque toujours du sang des protestants ,
Ont annoncé chez vous un cœur faible et mobile ,
Dont pourrait abuser quelque imposteur habile.
Évitez les malheurs des rois trop complaisants ;

Ne laissez point sans cesse au gré des courtisans
Errer de main en main l'autorité suprême ;
Ne croyez que votre ame , et régnez par vous-même ;
Et si de vos sujets vous desirez l'amour ,
Soyez roi de la France et non de votre cour.
Que sous de justes lois le peuple enfin respire :
Il fait par ses travaux l'éclat de votre empire ,
Il cultive nos champs , il défend nos remparts ;
Mais un voile ennemi vous cache à ses regards ;
Mais , tandis qu'il se plaint , son monarque sommeille ,
Et ses cris rarement vont jusqu'à votre oreille.

CHARLES.

Croyez que désormais ils seront écoutés :
Je saurai mettre un terme à nos calamités.
Allez ; à vos amis portez-en la nouvelle.
Gardez cette franchise et ce vertueux zele.
Régner par vos avis est mon vœu le plus doux.

COLIGNI.

Le mien est de mourir pour le peuple et pour vous.

SCENE IV.

CHARLES, CATHERINE, LORRAINE, GUISE, COURTISANS, GARDES, PAGES.

CATHERINE.

N'éprouvez point, mon fils, d'effroi pusillanime ,
Vous voyez devant vous les ennemis du crime:

Oubliez auprès d'eux les discours d'un pervers.

CHARLES.

De l'état déchiré finir les longs revers,
Me servir, me défendre, est sa seule espérance.

CATHERINE.

Ou son prétexte au moins.

CHARLES.

Il semble aimer la France;
Il a ce ton brûlant, ce ton de vérité
Qui par les imposteurs n'est jamais imité.
Et cependant j'éprouve un pouvoir invincible
Qui rend à ses discours mon cœur inaccessible;
Je sens que près de lui ce cœur intimidé
Est convaincu souvent, mais non persuadé.
L'habitude fait tout : je le hais dès l'enfance ;
Son zele m'est suspect, il me pese, il m'offense;
Soit que la vérité, pour éclairer les rois,
D'un ami qui leur plaît doive emprunter la voix,
Soit que de vos conseils l'autorité m'entraîne,
Soit plutôt que du ciel la bonté souveraine,
Au moment du péril me daignant avertir,
D'un perfide ennemi cherche à me garantir.

CATHERINE.

Oui, c'est la voix du ciel; c'est la voix de la gloire:
Si vous voulez regner, c'est à vous de les croire.
Du coup qu'on va frapper au milieu de la nuit,
Vos regards, dès demain, recueilleront le fruit;
Et vous verrez ce peuple, inquiet, indocile,

Se réveiller soumis, respectueux, tranquille,
Rentrer par la frayeur sous les lois du devoir,
Et d'un roi qui se venge adorer le pouvoir.
Mais les moments sont chers; le jour fuit, le temps presse.
Amis, nous n'exigeons ni serment ni promesse:
Votre haine suffit.

LORRAINE.

Dieu parle; c'est asssez.

GUISE.

Désignez les proscrits.

CATHERINE.

Ah! vous les connoissez.

LORRAINE.

Coligni.

GUISE

Cette main punira le rebelle.

LORRAINE.

Téligni.

CATHERINE.

C'est son gendre et son appui fidele.

GUISE.

Le Navarrois.

CHARLES.

Jamais. Vous m'en répondez tous.

CATHERINE.

Non, Guise.

CHARLES.

De ma sœur songez qu'il est l'époux.

CATHERINE.

Attenter à ses jours, c'est immoler ma fille.

CHARLES.

De saint Louis du moins épargnez la famille.

LORRAINE.

Oui, sire ; nous suivrons en tout vos volontés.

GUISE.

Meurent les protestants, les princes exceptés.

CATHERINE.

Des gardes toutefois veilleront sur les princes.

GUISE.

Les ordres souverains pour toutes les provinces...

CATHERINE.

Sont prêts et vont partir.

GUISE.

Où nous rassemblons-nous?

CATHERINE.

Dans le Louvre, en ce lieu.

LORRAINE.

L'heure du rendez-vous?

CATHERINE.

Minuit.

GUISE, *à voix haute.*

Minuit.

LORRAINE.

Les chefs?

CATHERINE.

Guise, vous, et les prêtres.

7.

LORRAINE.

Le signal?

CATHERINE.

Un tocsin sonnant la mort des traîtres.

GUISE.

Les mots de ralliment?

CATHERINE.

Dieu, Charles, Médicis.

GUISE.

Aurons-nous quelque signe empreint sur nos habits?

CATHERINE.

La croix, couleur de sang.

CHARLES, *dans le plus grand trouble.*

Sortons.

CATHERINE, *aux conjurés.*

Zele et silence.

Retirez-vous; le roi chérit votre vaillance.

(*à Charles.*)

Ne calmerez-vous point cette secrete horreur?

CHARLES.

Ah! si j'étais proscrit, j'aurais moins de terreur.

Fin du deuxieme acte.

ACTE III.

SCENE PREMIERE.

LORRAINE, L'HÔPITAL.

LORRAINE.

Le conseil en ce lieu va bientôt s'assembler ;
Au nom du bien public je voudrais vous parler :
Un discours libre et franc n'aura rien qui vous blesse ;
Qui dit la vérité l'écoute sans faiblesse.
J'aime votre vertu ; mais vous devez savoir
Qu'on peut, sans s'abaisser, respecter le pouvoir.
Le sort, vous opposant une injuste barriere,
Semblait des dignités vous fermer la carriere :
Vos talents par mon zele ont été bien servis.

L'HÔPITAL.

Puisque le bien public vous dicte ces avis,
Vous n'entendrez de moi ni reproche ni plainte ;
Je veux même y répondre et m'expliquer sans feinte.
Quels ministres placés auprès d'un potentat
L'aideront à porter le fardeau de l'état,
Des sujets vertueux, éclairés, équitables,
Ou ces grands, au monarque, au peuple redoutables,

D'une auguste famille enfants dégénérés,
Flétrissant les aïeux qui les ont illustrés?
Le sort m'a refusé, je ne veux point le taire,
D'un long amas d'aïeux l'éclat héréditaire;
Et l'on ne me voit point, de leur nom revêtu,
Par dix siecles d'honneurs dispensé de vertu :
Mais je sais mépriser ces vains droits de noblesse
Que la force autrefois conquit sur la faiblesse.
Ah! Suger, Olivier, de qui les noms vantés
Seront de siecle en siecle à jamais répétés,
Aux postes les plus hauts s'ils ont osé prétendre,
Fut-ce par leur naissance? et dois-je vous apprendre
Que, s'élevant d'eux même à ce rang glorieux,
Ils comptaient des vertus et non pas des aïeux?
Je ne me place point parmi ces grands modeles;
Mais s'il est dans l'état des citoyens fideles,
Parmi les plus zélés, j'ose au moins le penser,
Et la France et vous-même avez dû me placer.

LORRAINE.

Il est vrai; je l'ai dit, je le redis encore,
Votre vertu m'est chere, et la France l'honore.
On pourrait toutefois... pardonnez cet aveu;
Vos ennemis pourraient la soupçonner un peu :
Vos amis, qui comptaient sur votre expérience,
Osent vous accuser de quelque imprévoyance.
Depuis qu'en un tournoi l'ardent Montgommeri
Blessa d'un coup mortel l'infortuné Henri,
Nous voyons le torrent des guerres intestines

Semer les champs français de meurtre et de ruines ;
La paix a de nos maux trois fois rompu le cours ,
Et toujours étouffés ils renaissent toujours.
Il faut détruire enfin ces germes homicides :
Mais vous ne donnez , vous , que des conseils timides ;
Complaire tour-à-tour aux partis opposés ,
Voilà dans tous les temps ce que vous proposez.
Unissons , dites-vous , protestant , catholique ;
Et vous ne songez pas que votre politique
Fomente autour de nous des troubles éternels ,
Qu'elle offense l'état , qu'elle insulte aux autels !
Ce projet trouverait un obstacle invincible :
On n'exécute rien quand on veut l'impossible.
Je ne demande point la guerre et les combats ,
Ils n'ont que trop duré ; mais dans tous les états
Il faut , et c'est à vous , monsieur , que j'en appelle ,
Une religion constante , universelle ,
Solide , et craignant peu le vain emportement
D'un peuple qui toujours se plut au changement.
Choisissons désormais. Ces deux cultes contraires
Enfanteraient encor des malheurs nécessaires ;
Un seul doit réunir nos peuples et nos rois ,
Et tous les protestants sont ennemis des lois.

L'HÔPITAL.

Ministre des autels , quelle est votre espérance ?
Eh quoi ! prétendez-vous renouveler en France
Les sanglants tribunaux à Madrid révérés ?
N'enchaînez point les cœurs par des liens sacrés.

La vertu des humains n'est point dans leur croyance ;
Elle est dans la justice et dans la bienfaisance.
De quel droit des mortels, parlant au nom des cieux,
Nous imposeraient-ils un joug religieux ?
Comment déterminer la borne des pensées ?
N'allez pas recourir à des lois insensées
Qu'une ignorante haine a pu seule établir :
Loin de les réclamer, on doit les abolir.

L'ORRAINE.

Ce n'est pas là du moins ce que le roi veut faire ;
Il a mieux profité des leçons de sa mere :
Tous deux sont fatigués de nos dissensions,
Et je crois être sûr de leurs intentions.
Le roi peut ce qu'il veut.

L'HÔPITAL.

> Quelle horrible maxime !

C'est ainsi qu'un monarque est traîné dans l'abyme !
Si Charles vous croyait.... Juste ciel ! j'en frémis !
Quoi ! de leur liberté lâchement ennemis,
Je verrai les Français, martyrs du fanatisme,
Entre les mains des rois placer le despotisme !
Non, non ; connaissez mieux leur puissance et nos droits :
Nous sommes leurs sujets, ils sont sujets des lois.
Il est, il est, monsieur, de ces princes sinistres,
Destructeurs d'un pouvoir dont ils sont les ministres ;
Mais lorsque tout-à-coup dissipant leurs flatteurs,
Faisant évanouir les songes corrupteurs,
Le jour est arrivé, le jour de la vengeance,

Qui sous la main de Dieu va mettre leur puissance ,
Un éternel affront les attend au cercueil ;
L'horrible solitude accompagne le deuil ;
Et souvent en secret , sous de lugubres marques ,
Les peuples ont béni le trépas des monarques.
Ne cachez point au roi que parmi ses aïeux
Il est des noms sacrés et des noms odieux.
Louis neuf à jamais laisse un modele auguste :
Il fut brave et pieux , et sur-tout il fut juste ;
Ses fautes sont du temps , ses vertus sont de lui :
La voix du monde entier le révere aujourd'hui.
Le fils de Charles sept n'aima que les supplices :
Il redoutait son peuple et jusqu'à ses complices ;
Fils et sujet rebelle , et roi dénaturé ,
Il vécut , de flatteurs , de bourreaux , entouré ;
Sa sombre tyrannie entassait les victimes ,
Et des prisons d'état il peuplait les abymes.
Il fut craint ; mais l'histoire a dans tout l'avenir
De haine et de mépris chargé son souvenir.

LORRAINE.

Oui , ce discours , sans doute , est un élan sublime :
On reconnaît toujours l'esprit qui vous anime ,
Cet orgueil de sagesse et ce langage outré
D'un fougueux magistrat par le zele égaré ,
Qui , résistant au fils et jugeant les ancêtres ,
Ose usurper le droit de condamner ses maîtres.
Finissons : mais je veux ne vous déguiser rien ;
Le crédit qui vous reste est peut-être le mien ;

Enfin vous me devez votre fortune entiere ;
Et lorsque Médicis, exauçant ma priere,
Remit sous le feu roi les sceaux entre vos mains,
Je suis, disais-je alors, garant de ses desseins ;
Du seul bien de l'état son ame est occupée.
Elle m'a cru, monsieur.

L'HÔPITAL.

Et l'avez-vous trompée ?

LORRAINE.

Peut-être, puisqu'enfin vous osez aujourd'hui
Vous armer contre nous et braver votre appui.

L'HÔPITAL.

Non, vous ne croyez pas qu'en effet je vous brave.
Mais j'étais un ami ; vous vouliez un esclave.
Si le rang que j'occupe est un de vos bienfaits,
Si je vous dois beaucoup, je dois plus aux Français.
Il fallait enchaîner les discordes civiles,
Fixer des droits rivaux les bornes difficiles,
Et quand tous les partis ont méconnu les lois,
Faire entendre par-tout leur inflexible voix.
Pour appui dès long-temps n'ayant que mon courage,
Par-tout, jusqu'à ce jour, j'ai fait tête à l'orage ;
J'ai tâché d'accomplir ou de montrer le bien,
D'être sujet, monsieur, mais d'être citoyen ;
D'éclairer le monarque, et non pas de lui plaire.

LORRAINE.

Le roi vient. (à part.) Je crains peu cette vertu sévere.

SCENE II.

CHARLES, CATHERINE, L'HÔPITAL,
LORRAINE, GUISE, AUTRES MEMBRES
DU CONSEIL.

(*Les gardes et les pages accompagnent le roi
au conseil, et se retirent*).

CHARLES.

PRENEZ place, messieurs; parlez, éclairez-moi :
Écouter ses sujets est le devoir d'un roi ;
Aidez de vos conseils un prince qui vous aime ;
Songez à mon empire et non pas à moi-même.
Dix ans déja passés, un édit important
Permit dans mes états le culte protestant.
Je veux qu'un tel édit fût alors nécessaire ;
Mais il n'a pu donner qu'un calme imaginaire :
Vous le savez, madame, et de nos deux traités
Nous avons recueilli des fruits ensanglantés.
Un troisieme est conclu : qu'il nous soit moins funeste!
On se repent ; je veux oublier tout le reste.
Au destin de ma sœur Bourbon vient d'être uni ;
De gloire et de bienfaits j'ai comblé Coligni :
Je vois l'homme d'état et non plus le rebelle ;
Je lui rends une estime, une amitié nouvelle :

Condé me sera cher, et tous mes vrais amis
Ne se compteront plus parmi leurs ennemis.
Ne vous alarmez pas; mes bontés, je l'espere,
Vont les rendre aujourd'hui plus soigneux de me plaire.
Mais du moins il est temps de cimenter la paix;
Il est temps qu'un édit prescrive à mes sujets
De rentrer dans le sein de l'église éternelle.
A cette auguste loi s'il est quelque infidele,
Par son juste trépas c'est à moi de venger
Rome, et ce Dieu puissant que l'on ose outrager.

CATHERINE.

Rendez, rendez, mon fils, au trône, à la patrie,
A la religion, sa majesté chérie.
Le temps calmera tout. Ne croyez pas pourtant
Être approuvé d'abord de ce peuple inconstant:
Non, jusques aux bienfaits, tout lui paraît à craindre;
Il ne voit que des maux, et veut toujours se plaindre.
Ses cris vous parviendront; c'est à vous d'achever:
Sachez le mépriser, mon fils, et le sauver.

LORRAINE.

Sire, du cœur des rois c'est le ciel qui dispose;
C'est lui qui vous inspire, et vous vengez sa cause:
Il bénira vos jours. Tel est mon sentiment.

GUISE.

Si l'on peut en effet s'expliquer librement,
Sire, après nos malheurs renouvelés sans cesse,
J'oserai demander pourquoi tant de faiblesse,
Pourquoi tous ces traités que je ne conçois pas.

Un poison dangereux infecte vos états ;
L'amour de la discorde et des choses nouvelles
Enhardit contre vous un amas de rebelles.
Ah ! si l'on eût daigné leur imposer des lois !
Votre frere à mes yeux les a vaincus deux fois :
Sire, je lui connais des rivaux en courage ;
Mais vous ne voulez pas consommer votre ouvrage.
Peut-être aurez-vous lieu de vous en repentir :
Il faudrait les domter, et non les convertir.

LORRAINE.

Il faut des saintes lois implorer la puissance,
Punir, épouvanter la désobéissance,
Et non tenter encor le hasard incertain
D'une éternelle guerre, où le sang coule en vain.
Sire, un mal violent veut un remede extrême :
L'état trop divisé s'est affaibli lui-même ;
Et si l'on veut guérir sa funeste langueur,
Dix combats feront moins qu'un instant de rigueur.
Soyez semblable au dieu que le monde révere ;
Montrez-vous à-la-fois indulgent et sévere,
Avec le châtiment présentez le pardon :
Dans vos devoirs sacrés le zele et l'abandon,
Les soins reconnaissants, la piété soumise,
Sauront vous acquitter des bienfaits de l'église.
Écoutez, chérissez les ministres du ciel ;
Tout le pouvoir du trône est fondé sur l'autel.
De Pepin jusqu'à vous Rome et les rois de France
Conserverent toujours une étroite alliance ;

Ainsi de jour en jour votre puissant état
A vu par le saint-siege augmenter son éclat.
Il est temps de calmer sa longue inquiétude :
Dieu jusques dans les rois punit l'ingratitude.

CHARLES, *au chancelier.*

Vous vous taisez, monsieur ?

L'HÔPITAL.

Sire, permettez-moi...

CHARLES.

Ainsi vous refusez d'éclairer votre roi !

L'HÔPITAL.

Eh bien ! vous le voulez, je romprai le silence.
On parle du saint-siege et de reconnaissance.
Est-il d'ingratitude où le bienfait n'est pas ?
Je pourrais vous citer des pontifes ingrats :
L'Europe a vu cent rois armés pour leur défense,
Et le sang des héros cimenta leur puissance.
Ces pontifes, cachés à l'ombre de l'autel,
Long-temps n'avaient ouvert que les portes du ciel :
Ils n'étaient que sujets : qui les a rendus maîtres ?
Ils doivent leurs états à l'un de vos ancêtres.
Quel usage ont-ils fait de ces droits contestés ?
Accumulant les biens, vendant les dignités,
Ils osent commander en monarques suprêmes,
Et d'un pied dédaigneux fouler vingt diadêmes.
Un prêtre audacieux fait et défait les rois :
Vos aïeux l'ont souffert ; mais voyez à sa voix

Jean-sans-terre quittant, reprenant la couronne ;
Sept empereurs chassés de l'église et du trône,
Forcés de conquérir la foi de leurs sujets,
Et dans Rome à genoux courant subir la paix.
Voyez Charles d'Anjou, le fils des rois de France,
Remplir du Vatican l'odieuse espérance :
Il vole, il sacrifie à d'injustes fureurs
Le reste infortuné du sang des empereurs ;
Et son ambition, cruellement docile,
Prépare à nos Français les vêpres de Sicile.
Un enfant, seul espoir de Naple et des Germains,
Conradin, vers le ciel levant ses jeunes mains,
Périt sur l'échafaud en demandant son crime,
Convaincu du forfait d'être un roi légitime.
A ce vertige affreux trois siecles sont livrés :
Toujours du sang, toujours des attentats sacrés,
Investiture, exil, meurtres et parricides,
Et l'anneau du pêcheur scellant les régicides.
Faut-il nous étonner si les peuples lassés,
Sous l'inflexible joug tant de fois terrassés,
Par les décrets de Rome assassinés sans cesse,
Dès qu'on osa contre elle appuyer leur faiblesse,
Bientôt dans la réforme ardents à se jeter,
D'un pontife oppresseur ont voulu s'écarter ?
C'est ainsi qu'au milieu des bûchers de Constance
Le schisme d'un moment puisa quelque importance ;
Ainsi que des prélats l'indiscrete fureur

1.   8

Conquit trente ans de guerre et la publique horreur;
C'est ainsi que Luther, au Vatican rebelle,
Établit aisément sa doctrine nouvelle;
Après lui c'est ainsi que l'austere Calvin
Dans Geneve eut encore un plus brillant destin.
Il n'est qu'une raison de tant de frénésie.
Les crimes du saint-siege ont produit l'hérésie:
L'Évangile a-t-il dit, « Prêtres, écoutez-moi,
« Soyez intéressés, soyez cruels, sans foi,
« Soyez ambitieux, soyez rois sur la terre?
« Prêtres d'un dieu de paix, ne prêchez que la guerre;
« Armez et divisez, pour vos opinions,
« Les peres, les enfants, les rois, les nations? »
Voilà ce qu'ils ont fait.

LORRAINE.

Osez-vous, téméraire.....

CHARLES.

Ne l'interrompez pas; continuez, mon pere.

L'HÔPITAL.

Si Geneve s'abuse, il la faut excuser:
Les yeux fixés sur Rome, on pouvait s'abuser:
Geneve, récusant ce tribunal suprême,
Aura cru que le code inspiré par Dieu même,
Toujours cité dans Rome et si mal pratiqué,
Peut-être aussi dans Rome était mal expliqué.
Dussions-nous de Calvin condamner l'insolence,
Entre les deux partis l'Europe est en balance;

Et parmi vos sujets le poison répandu ,
Jusques dans votre cour déja s'est étendu.
Ah ! quoique vos sujets , si vous devez les plaindre,
Sire , vous n'avez pas le droit de les contraindre ;
Le dernier des mortels est maître de son cœur.
Le temps amene tout, et ce n'est qu'une erreur ;
Et si quelques instants elle a pu les séduire ,
L'avenir est chargé du soin de la détruire :
Mais affecter un droit qu'on ne peut qu'usurper !
Commander aux esprits de ne pas se tromper !
Non , non , c'est réveiller les antiques alarmes.
En lisant votre édit , tout va courir aux armes ;
Et vous verrez encor dans nos champs désolés
Par la main des Français les Français immolés ;
Après tant de traités les Français implacables ,
Et contraints par vous-même à devenir coupables.
Citoyen de la France , et sujet sous cinq rois ,
Sous votre frere et vous ministre de ses lois ,
J'ai voulu raffermir ses grandes destinées :
Elle est chere à mon cœur depuis soixante années.
Sire , écoutez les lois , l'honneur, la vérité ;
Sire , au nom de la France , au nom de l'équité ,
Par cette ame encor jeune et qui n'est point flétrie ,
Au nom de votre peuple , au nom de la patrie ;
Dirai-je au nom des pleurs que vous voyez couler ?
Que tant de maux sacrés cessent de l'accabler :
Rendez-lui sa splendeur qui dut être immortelle ;

Votre vieux chancelier vous implore pour elle :
Ou bien , si ma douleur ne peut rien obtenir ,
Je ne prévois que trop un sinistre avenir ;
Mais sachez que mon cœur n'en sera point complice.
Avant les protestants qu'on me mene au supplice.
Je condamne à vos pieds ce dangereux édit ;
Je ne puis le sceller ; punissez-moi : j'ai dit.

CHARLES.

Moi , je vous punirais ! Non , non , des traits de flamme
Tandis que vous parliez ont pénétré mon ame.
Chancelier , je vous crois , et je pleure avec vous ;
Oui , je veux adopter des sentiments plus doux ;
Oui , c'est la vérité ; je dois la reconnaître.
Oui , j'ai pu me tromper ; on m'égarait peut-être.

CATHERINE.

Vous croyez. . . . .

CHARLES.

Tout , madame. Écoutez , chancelier.
(Il lui parle à l'oreille.)

LORRAINE, bas à CATHERINE.

L'ouvrage de mes mains commence à m'effrayer.
D'un zele ambitieux vous voyez le prestige.

CATHERINE, bas.

Ne craignez rien.

GUISE, bas.

Le roi...

CATHERINE, bas.

Ne craignez rien , vous dis-je.

CHARLES.

Adieu, madame ; et vous, chancelier, suivez-moi :
Le passé, l'avenir, tout me remplit d'effroi.
J'ai besoin d'un ami dont l'austere sagesse,
Sur le penchant du crime arrête ma jeunesse,
Et, fixant mon esprit trop souvent combattu,
Par son exemple au moins me force à la vertu.

Fin du troisieme acte.

ACTE IV.

SCENE PREMIERE.

CHARLES.

Ou rester vertueux , ou devenir coupable !
Il est temps de choisir. C'est un choix redoutable :
Vertueux , c'est risquer et mon trône et mes jours ;
Coupable un seul moment, je le serai toujours.
Moi, coupable ! quel mot! L'humanité me touche :
Auprès du chancelier j'ai senti sur ma bouche
Voler l'aveu fatal d'un mystere d'horreur ;
Mais le secret terrible est rentré dans mon cœur.
Que me conseille-t-on? d'exterminer des traîtres.
Je balance? A-t-on vu balancer mes ancêtres?
N'entends-je pas encor vanter avec éclat
Leurs forfaits illustrés du nom de coups d'état?
Mon trône est cimenté du sang de leurs victimes ;
Avec ce bel empire ils m'ont légué des crimes,
Et mon œil voit par-tout leurs attentats écrits
Sur l'or ensanglanté qui couvre ces lambris.
On m'apprit avec soin leurs vengeances utiles;
Mais on ne m'apprit point s'ils vécurent tranquilles ;
Et mon cœur me répond , par un cri douloureux ,

Ils étaient criminels , ils furent malheureux.
Oui , je prends à témoin tout ce qui m'environne :
Le crime et le malheur sont assis sur le trône.
Coupable , c'est souffrir, souffrir plus que la mort.
Même avant le forfait on connoît le remord !
Et que souffriras-tu lorsque ta main fumante
Vers le ciel indigné se levera sanglante ?
Ah ! je verrai du sang me poursuivre en tout lieu ;
N'osant plus contempler ni les hommes, ni Dieu,
Je verrai l'avenir , vengeur des parricides ,
L'avenir, soulevé contre les rois perfides ,
Prononçant tous les jours son arrêt souverain ,
Graver mon nom flétri sur des tables d'airain.
Non, point de repentir ! c'est un poids qui m'accable ;
Je ne porterai point l'affreux nom de coupable :
Laissons mon intérêt , résistons aux avis
D'une mere aux abois qui tremble pour son fils.
Je sens que la justice est un besoin de l'ame ;
La défense est de droit, la vengeance est infâme ;
On ne fait point la paix un poignard à la main ,
Et l'intérêt d'un homme est toujours d'être humain.

(*Il s'assied , et tombe dans une profonde rêverie.*)

SCENE II.

CHARLES, CATHERINE, Pages, Gardes.

CATHERINE.

(*A part.*) (*Haut.*)
Il est préoccupé... Sire....

CHARLES.

C'est vous, madame !
Par le doux nom de fils que toujours je réclame,
Écoutez-moi.

CATHERINE.

Quel trouble agite votre cœur ?

CHARLES.

J'ai prescrit, je le sais, des actes de rigueur :
Je révoque aujourd'hui l'ordre de la vengeance.
Avant d'ensanglanter les cités de la France
Avec plus de loisir je veux me consulter.

CATHERINE.

Les ordres sont partis, et vont s'exécuter.

CHARLES.

Qui les a fait partir ? Quel est le téméraire...

CATHERINE.

Moi. J'ai tout commandé : punissez votre mere.

CHARLES.

Les ordres sont partis ! Ô ciel ! qu'ai-je entendu ?

CATHERINE.

Il fallait vous sauver.

CHARLES.

Ah ! vous m'avez perdu.
J'ai soumis à vos vœux ma volonté facile :
Vous abusez enfin d'un respect trop docile.
Las d'imposer silence à mes sens indignés ,
J'ose vous demander si c'est vous qui régnez.

CATHERINE.

Non ; mais si je régnais je punirois les traîtres ;
Dans ma cour , au conseil , je n'aurais point de maîtres ;
Je voudrais inspirer , non ressentir l'effroi ;
Et la rébellion se tairait devant moi.

CHARLES.

J'en croirai l'Hôpital ; son ascendant m'entraîne.
Gardes , de tous côtés cherchez Guise et Lorraine ;
Dites-leur qu'en ces lieux c'est moi qui les attends.
Courez.

CATHERINE.

Le ciel vous laisse encor quelques instants :
Coligni vous menace ; il va frapper... N'importe.
Pour moi je fuis des lieux où son pouvoir l'emporte ;
Vous n'y gouvernez plus , ils me sont odieux.

CHARLES.

Expliquez-vous.

CATHERINE.

Je pars. Recevez mes adieux.

CHARLES.

Vos adieux?

CATHERINE.

J'eus des droits à votre confiance :
Ces droits sont oubliés ; vous craignez ma présence ;
Je dois vous épargner d'inutiles avis :
Je respecte mon roi, je vais pleurer mon fils.

CHARLES.

Vos adieux, dites-vous?

CATHERINE.

Tandis que l'on conspire,
Séduit par un vieillard, vous exposez l'empire.
Le péril vous entoure.

CHARLES.

Et vous m'abandonnez !

CATHERINE.

Je veux le prévenir, et vous me soupçonnez !

CHARLES.

Demeurez dans ma cour.

CATHERINE.

J'y deviens étrangere ;
Le fils le plus chéri craint aujourd'hui sa mere.
L'ambition souvent égare des sujets :
Si je veux vous tromper, où tendent mes projets ?
De votre chancelier je connais la prudence ;
Mais ce faste imposant de sa vaine éloquence
Ne peut-il attirer quelque soupçon sur lui ?

On a moins de chaleur en parlant pour autrui.
Vous ne concevez pas quel intérêt l'anime ?
La France , dont jadis il mérita l'estime ,
Le croit de l'hérésie un défenseur zélé ,
Et son penchant secret nous est trop révélé.

CHARLES.

Restez auprès de moi , soyez toujours mon guide.

CATHERINE.

Mon fils , votre inconstance autrement en décide.

CHARLES.

Non , je garde pour vous les mêmes sentiments.

CATHERINE.

Les Guises vont se rendre à vos commandements.

CHARLES.

Eh bien !

CATHERINE.

Des protestants servirez-vous la rage ?

CHARLES.

Ma mere !

CATHERINE.

Laissez-moi consommer mon ouvrage.

CHARLES.

Ah ! que demandez-vous à mon cœur tourmenté ?

CATHERINE.

Un peu de confiance, un peu de fermeté.
N'êtes-vous pas instruit par des sujets fideles ?
Avez-vous oublié que le chef des rebelles ,
Pour d'utiles forfaits renonçant aux combats ,

De vous , de votre mere a juré le trépas ?
Il a dans Orléans fait son apprentissage ;
Sur le pere de Guise il essaya sa rage.
Imprudent ! vous marchez parmi des assassins.

CHARLES.

Quand j'aurai prévenu leurs perfides desseins ,
Si la publique voix contre moi se déclare ,
Si les pleurs des Français me nomment roi barbare ,
Au peuple accusateur répondrez-vous alors ?

CATHERINE.

Oui , je prends tout sur moi ; tout , jusqu'à vos remords :
Oui , j'accepte sa haine , et vous laisse la gloire.

CHARLES.

Vous remportez encor cette horrible victoire.
Ah ! puisqu'il est ainsi , puisque dans tous les temps
Vous rendez l'équilibre à mes esprits flottants ,
Donnez-moi donc cette ame immuable , intrépide ,
Qui veut avec puissance , et que rien n'intimide.
Quand je suis loin de vous j'appartiens à l'effroi ;
Les noirs pressentiments s'assemblent près de moi :
Je crains le sort affreux d'un tyran d'Assyrie ;
Israël égorgé tombait sous sa furie ;
Mais le ciel abrégea son empire inhumain :
Comme lui je crois voir une céleste main
Graver sur ces lambris ma sentence éternelle.

CATHERINE.

Si le ciel proscrivit sa tête criminelle ,
Il s'armait contre Dieu ; vous vous armez pour lui :

Il méprisait ses lois; vous en êtes l'appui.
Qu'importe le destin des tyrans infideles?
Charlemagne et Louis, voilà vos seuls modeles:
De leurs palmes un jour vous serez couronné ;
Et, lorsqu'après un regne et long et fortuné ,
Vous rejoindrez ces rois vainqueurs de l'hérésie ,
Vous direz : Comme vous j'ai terrassé l'impie ;
Comme vous j'ai vengé l'église et les Français :
Les ennemis du ciel n'étaient plus mes sujets.

SCENE III.

CHARLES, CATHERINE, LORRAINE, GUISE, PAGES, GARDES.

LORRAINE.

Sire , qu'ordonnez-vous ?

CATHERINE.

Le jour fait place à l'ombre ,
La douzieme heure approche , et la nuit sera sombre.
Le roi vous a remis ses plus chers intérêts :
Peut-il compter sur vous? vos amis sont-ils prêts?

GUISE.

Tous. La nuit est tardive à leur impatience.

CATHERINE.

Entouré de sa cour notre ennemi s'avance.

CHARLES.

Je ne veux point le voir.

1.

LORRAINE.

Calmez vos sens troublés.

CATHERINE.

Songez à la vengeance. Il vient : dissimulez.

SCENE IV.

CHARLES, CATHERINE, LORRAINE,
GUISE, COLIGNI, HENRI, L'HÔPITAL,
PROTESTANTS *de la suite de Coligni*, PAGES,
GARDES.

COLIGNI.

ON a signé la paix sans déposer les armes,
Sire ; et des protestants écoutant les alarmes,
Je réclame pour eux le serment solemnel
Prêté par vous, par nous, aux yeux de l'Éternel.
Ce prince généreux, devenu votre frere,
L'Hôpital, de nos lois le ministre sévere,
Et ceux qui m'ont jadis suivi dans les combats,
Ont voulu près de vous accompagner mes pas.
Au destin d'un ami leur grand cœur s'intéresse ;
Ils ont tous entendu votre auguste promesse.
Mais un piege nouveau vient de m'être annoncé ;
D'homicides clameurs m'ont déja menacé :
On invente à plaisir un crime imaginaire ;
Au sein de votre cour une main sanguinaire
Déja, dit-on, s'apprête au plus lâche attentat,

Et veut par un seul coup renverser tout l'état.
Il s'agit de frapper...

CHARLES.

Qui donc?

COLIGNI.

Votre personne.

CHARLES.

Quel est le criminel?

COLIGNI.

C'est moi que l'on soupçonne.
D'habiles courtisans ont répandu ces bruits ;
Ils veulent par ma mort en recueillir les fruits :
Je sais quels ennemis pensent ternir ma gloire ,
Et je frémis... pour vous , si vous daignez les croire.

CHARLES.

Moi ! je les croirais !

COLIGNI.

Non ; j'ose au moins l'espérer.
Devant vous cependant je dois leur déclarer
Que , depuis trop long-temps en butte à leur furie ,
Je défendrai contre eux et ma gloire et ma vie.
Je n'ai pas prétendu céder par un traité
Le droit de m'égorger avec impunité.

CATHERINE.

Un monarque , un ami veille à votre défense :
Il s'attendait peut-être à plus de confiance.

COLIGNI.

Vous le voyez assez ; mon cœur se fie au sien ,

Puisque je viens, madame, implorer son soutien.

HENRI.

Paris, ce Louvre même est-il un sûr asyle?
On poursuit Coligni; Maurevel est tranquille.
Ne peut-on découvrir cette puissante main
Qui sous les yeux du roi protege un assassin?
Pourquoi les tribunaux, fermés à la justice,
Tendent-ils au coupable une égide propice?
En vain mon œil timide, errant dans ce séjour,
Par degrés s'accoutume à l'aspect de la cour,
Mon ame à tant d'horreurs n'était point résignée.
Quoi! c'est dans le jour même où la paix est signée
Qu'on entend retentir des cris séditieux!
Et moi, de nos bourreaux complice officieux,
Contre un nœud que semblait commander la patrie,
De mes fiers compagnons j'échangerais la vie!
Ah! plutôt de l'hymen éteignons les flambeaux.
Si la haine conspire et rouvre les tombeaux,
Si l'on n'a prononcé qu'un serment sacrilege,
Si la paix est un jeu, si l'hymen est un piege,
Imposez donc silence à ces chauts criminels;
Laissez là ces apprêts, ces festins solemnels;
Abjurez vos traités, la guerre est moins funeste.
Nous, d'un sang généreux vendons cher ce qui reste;
Proscrits dans ce palais, sachons nous secourir:
Ce n'est qu'aux champs d'honneur que nous devons mourir.

GUISE.

Est-ce à vous qu'aujourd'hui conviendraient les reproches?

D'un crime près d'éclore où voit-on les approches?
Qui fonde vos soupçons? de vains cris? un faux bruit?
Quels sont les accusés?

COLIGNI.

Je vous crois mieux instruit.
Sur la foi du passé peut-être l'on s'abuse;
Mais d'un complot sinistre on soupçonne, on accuse
Guise, le plus cruel de tous nos ennemis,
Lorraine, et... je m'arrête.

CATHERINE.

Achevez.

COLIGNI.

Médicis.

CATHERINE.

Coligni, ce discours a droit de me confondre.
Dans la cour de mon fils on m'oblige à répondre!
Eh bien! je répondrai: j'ai conseillé la paix;
J'ai de tous les partis réglé les intérêts,
Sans vouloir cependant qu'aucun d'eux nous opprime;
J'aimai la France et vous, et voilà tout mon crime.
Mais, parmi les faux bruits qui vous ont alarmé,
Des sentiments du roi l'Hôpital informé
Pouvait tenter au moins de rassurer votre ame;
Il le devait peut-être.

L'HÔPITAL.

Et je l'ai fait, madame.

COLIGNI.

C'est au roi de parler. Sire, au nom de l'état

9.

Daignez vous expliquer avec un vieux soldat.

CHARLES.

A mon trône ébranlé vous êtes nécessaire.
Celui qui fut long-temps mon plus grand adversaire,
Coligni, désormais brille entre mes soutiens.
Si vos drapeaux souvent ont combattu les miens,
C'est des troubles civils la suite accoutumée;
Des Français à la France opposaient une armée:
Ces fautes sont du sort, je les veux excuser;
C'est le malheur des temps qu'il en faut accuser.
Quand je ne me plains pas nul n'a droit de se plaindre;
Je cesserais d'aimer ceux que vous pourriez craindre.

COLIGNI.

A mes persécuteurs dois-je opposer mon roi?

CHARLES.

Vous le devez, sans doute, et j'en donne ma foi.

COLIGNI.

Eh bien! je foule aux pieds leurs trames criminelles.

GUISE.

Nous verrons donc finir ces craintes éternelles?

COLIGNI.

Je puis craindre à la cour, mais non pas aux combats;
J'étais déja fameux quand vous n'existiez pas.

GUISE.

Le soupçon ne convient qu'à des ames timides.

COLIGNI.

Il faut bien malgré soi soupçonner des perfides.

GUISE.

Quant à moi, je ne vois qu'un traître dans ces lieux.

COLIGNI.

Il en est deux pourtant qui s'offrent à mes yeux.
Ce coup n'a point rempli leur cruelle espérance.

GUISE.

Celui qui l'a porté voulut venger la France.

CHARLES.

Guise !

COLIGNI.

Ah ! du meurtrier l'on a conduit la main.

GUISE.

Qui ?

COLIGNI.

Vous pourriez le dire.

GUISE.

Expliquez-vous enfin.

COLIGNI.

Vous.

GUISE.

Ce fer à l'instant...

HENRI.

Qu'osez-vous, téméraire ?

COLIGNI.

Je t'attends.

GUISE.

Coligni, je vengerai mon pere.

CHARLES.

Calmez-vous, amiral; vous, Guise, respectez
Un vieillard, ma présence, et la foi des traités.

COLIGNI.

Vous ne punirez pas cet excès d'insolence?

CATHERINE.

Demain l'ambitieux gardera le silence:
Vous n'aurez point formé des souhaits superflus,
Et de vos ennemis vous ne vous plaindrez plus.

COLIGNI.

Adieu, sire. Excusez ma sombre défiance,
Ce fruit amer de l'âge et de l'expérience.
Que votre cœur m'écoute: il semble que ma voix
Se fait entendre à vous pour la dernière fois.
Le trône où vous régnez est entouré de pieges,
De guerriers assassins, de prêtres sacrileges.
Songez qu'ils réclamaient pour soumettre les cœurs
Le secours des bourreaux et des inquisiteurs;
Songez qu'à tous leurs pas la trahison préside:
Ces discours menaçants... ce silence homicide,
Sont le gage assuré du malheur des Français:
Les cruels ont deux fois ensanglanté la paix.
Pour moi, j'ai desiré de sauver votre empire;
Mais à le renverser je vois que tout conspire.
Sur une cour barbare ouvrez enfin les yeux,
Et craignez, craignez tout de ce sang odieux.
Voilà vos ennemis, voilà ceux de la France:
Si vous ne les chassez loin de votre présence,

Si vous ne les chargez de tout votre courroux,
Les Guises, croyez-moi, perdront l'état et vous.

SCENE V.

CHARLES, CATHERINE, LORRAINE,
GUISE, COURTISANS, GARDES, PAGES.

CATHERINE.
Il sort. Je vois entrer nos vaillantes cohortes.

GUISE.
Rangez-vous près du roi.

LORRAINE.
        Fermez toutes les portes.

CHARLES.
Où donc est l'amiral?

CATHERINE.
        Illustres conjurés,
Des vengeances du ciel ministres révérés,
Que la rébellion, que le crime s'expie!
Le trône est attaqué par une secte impie.
Accusant chaque jour le trop lent avenir,
Vos cris semblaient hâter l'instant de la punir:
Votre juste fureur, trop long-temps retenue,
Peut éclater enfin; la nuit, l'heure est venue:
Faites votre devoir; et, comblant nos souhaits,
Sachez de votre roi mériter les bienfaits.

GUISE.

Sitôt que le signal se sera fait entendre,
Vous verrez qu'à ce prix nous pouvons tous prétendre.
Nous partirons, madame, aux accents de l'airain
Qui va sonner pour nous dans le temple prochain.
Ma main, je l'avoûrai, dans une nuit si belle,
Voudrait seule immoler tout le parti rebelle;
Mon cœur même conçoit un déplaisir secret,
Et, plein d'un tel honneur, le partage à regret.
Mes compagnons du moins sont dignes de me suivre,
De cueillir les lauriers que le destin nous livre,
Et, contre les proscrits dès long-temps animés,
De l'ardeur qui me brûle ils sont tous enflammés.

CHARLES.

Vous m'aimez, je le crois; vous servez votre maître:
Mais long-temps mon esprit, trop timide peut-être,
Conçut avec frayeur un si hardi dessein;
D'une amertume affreuse il remplissait mon sein:
Jusques dans mon sommeil la redoutable idée
S'offrait... Ne craignez rien, mon ame est décidée.
Puisque le ciel vengeur ordonne leur trépas,
Puisqu'au fond de l'abyme il entraîne leurs pas,
Puisqu'il faut opposer le parjure au parjure,
Puisqu'il s'agit enfin de la commune injure,
Du salut de mon peuple, et de ma sûreté,
Je ne balance plus, le sort en est jeté:

La cloche sonne trois fois, lentement

Versez le sang, frappez. Ciel! qu'entends-je? Ah madame!

GUISE.

Reine, c'est à vos soins de raffermir son ame.
Pour nous, le glaive en main, nous jurons à genoux
De venger Dieu, l'état, le roi, l'église, et nous.
Roi, chassez maintenant ces stériles alarmes:
Exhortez-nous, pontife, et bénissez nos armes.

La cloche sonne trois fois, lentement.

Guise et tous les autres courtisans mettent
un genou en terre, en croisant leurs
épées. Ils restent dans cette position
pendant le discours de Lorraine.

LORRAINE.

De l'église outragée humble et docile enfant,
Et créé par ses mains prêtre du Dieu vivant,
Je puis interpréter les volontés sacrées.
Si d'un zele brûlant vos ames pénétrées
Se livrent sans réserve à l'intérêt des cieux,
Si vous portez au meurtre un cœur religieux,
Vous allez consommer un important ouvrage
Que les siecles futurs environt à notre âge.
Courez, et servez bien le Dieu des nations:
Je répands sur vous tous ses bénédictions.
Sa justice ici bas vous livre vos victimes;
Sachez qu'il rompt au ciel la chaîne de vos crimes;
Par celui qui m'inspire ils vous sont tous remis,

Et son glaive est tiré contre ses ennemis.
L'église, en m'imprimant un signe ineffaçable,
Défendit à mes mains le sang le plus coupable :
Mais je suivrai vos pas, je serai près de vous,

  (*Montrant et agitant un crucifix.*)

Et Dieu même à la main je conduirai vos coups.
O tribu de Lévi, tribu sainte, immortelle,
Une seconde fois le dieu jaloux t'appelle.
Il est temps de remplir ses décrets éternels :
Couvrez-vous saintement du sang des criminels.
Si dans ce grand projet quelqu'un de vous expire,
Je vois son front couvert des palmes du martyre.

    Le tocsin sonne jusqu'à la fin de l'acte.

CHARLES.

D'une héroïque ardeur mon cœur se sent brûler.
Acceptez, ô mon Dieu ! le sang prêt à couler.

CATHERINE.

Il vous entend, mon fils, il reçoit votre hommage ;
Venez, et de ces lieux présidez au carnage.

GUISE.

Et vous, suivez-moi tous. Amis, guerriers, soldats,
Au toit de Coligni courons porter nos pas.

LORRAINE.

C'est l'ennemi du trône et l'artisan du crime.

GUISE.

Qu'il soit de cette nuit la première victime.

LORRAINE.

Que tous les protestants, à-la-fois accablés,
Dans les murs, hors des murs, soient en foule immolés !

GUISE.

Périsse et leur croyance et le nom d'hérétique !

LORRAINE.

Et que demain la France, heureuse et catholique,
D'un roi chéri du ciel bénisse les destins,
Et l'ordre salutaire accompli par nos mains !

Fin du quatrieme acte.

ACTE V.

SCENE PREMIERE.

HENRI.

QUEL signal effrayant tout-à-coup me réveille !
De sinistres clameurs ont frappé mon oreille ,
Et de l'airain sur-tout les lugubres accents
D'une subite horreur ont glacé tous mes sens.
J'entends encor des cris. Ah ! Coligni peut-être
Succombe en ce moment sous le glaive d'un traître !
De ses persécuteurs l'implacable courroux ,
Peut-être en ce moment....

SCENE II.

HENRI, L'HÔPITAL.

HENRI.
L'Hôpital, est-ce vous ?

L'HÔPITAL.
Sire....

HENRI.
Eh bien....

L'HÔPITAL.

Apprenez...

HENRI.

Que me faut-il apprendre ?
Et d'où viennent les pleurs que je vous vois répandre ?

L'HÔPITAL.

Les protestants...

HENRI.

Parlez...

L'HÔPITAL.

Ils sont trahis , vendus.

HENRI.

Coligni....

L'HÔPITAL.

C'en est fait ; Coligni ne vit plus.

HENRI.

Il ne vit plus ! Comment ? quel bras inexorable...

L'HÔPITAL.

Cent bras ont massacré ce vieillard vénérable.

HENRI.

Ah ! courons le venger.

L'HÔPITAL.

Vous ne le pouvez pas ;
Que dis-je ? au sein du Louvre on observe vos pas ;
Vous êtes prisonnier dans ce palais terrible.

HENRI.

Je n'attendois pas moins. Ô rage ! ô nuit horrible !
Pressentiments affreux , vous voilà donc remplis !

Grand Dieu ! laisseras-tu nos bourreaux impunis ?

L'HÔPITAL.

Déja la douzieme heure assemblait les ténebres ;
L'astre des nuits , perçant des nuages funebres ,
Dispensant à regret une morne clarté ,
Rouloit au haut des cieux son disque ensanglanté :
Tout dormoit ; vos amis , bercés par l'espérance ,
Et commençant à croire au bonheur de la France ,
Bénissaient le sommeil , et la paix de retour ;
Mais le crime veillait au milieu de la cour.
Aux accents de l'airain sonnant les homicides ,
Vomis par ce palais , des courtisans perfides ,
Un poignard à la main , promenent le trépas ,
Et scellent les traités par des assassinats.
On entend retentir ces clameurs fanatiques :
« Obéissez au roi ; frappez les hérétiques. »
A ce signal d'horreur on voit les conjurés ,
Respirant la vengeance et de sang altérés ,
Courir en foule au crime où Guise les entraîne :
Les prêtres , plus cruels , sur les pas de Lorraine ,
Tenant le bois sacré dans leurs profanes mains ,
Encouragent au meurtre un peuple d'assassins :
Charles goûte à longs traits un plaisir sanguinaire ,
Et cherche son devoir dans les yeux de sa mere.
C'est ici, près de nous , que le roi des Français
Sous le plomb destructeur fait tomber ses sujets :
Médicis , le front calme , applaudit à ses crimes ,
Exalte son adresse , et compte ses victimes.

Au milieu des poignards, des flambeaux, des débris,
Des membres dispersés, des feux, du sang, des cris,
Vous eussiez vu tomber ces fils de la patrie
Dont trente ans de combats ont respecté la vie ;
Malgré ses cheveux blancs le vieillard immolé ;
Après de longs efforts le jeune homme accablé,
Qui de son corps mourant protege encore un pere ;
L'enfant même égorgé sur le sein de sa mere :
Les uns percés de coups au moment du réveil ;
Les autres, plus heureux, frappés dans leur sommeil ;
Les époux massacrés dans les bras de leurs femmes ;
Auprès de leurs enfants ceux-ci livrés aux flammes ;
Du haut des toits brûlants ceux-là précipités ;
D'autres, en se sauvant, par le glaive arrêtés ;
D'autres fuyant la mort dans les flots de la Seine,
Et retrouvant la mort sur la rive prochaine.
Mais déja l'on pénetre au réduit sans éclat
Où Coligni pesoit les destins de l'état.
Sur les sanglants degrés ses serviteurs périssent ;
Les soupirs des mourants jusqu'à lui retentissent ;
Il reconnoît la voix du jeune Téligni
Criant, « Je meurs ; sauvez les jours de Coligni. »
Il se leve : en tous lieux les farouches cohortes
Le cherchoient. Le héros ouvre toutes les portes ;
Au-devant des poignards il s'avance à grands pas,
Sans armes, mais plus fier qu'au milieu des combats ;
Seul, mais environné de soixante ans de gloire.
A l'aspect de ce front ridé par la victoire,

Remplis d'un saint respect , les assassins tremblants
Se prosternent en pleurs devant ses cheveux blancs ;
Ils jettent leurs poignards dégouttans de carnage.
Bême arrive , et du crime il leur rend le courage ;
Il les force à rougir d'un moment de vertu :
Sous tant de meurtriers le grand homme abattu
Expire en invoquant Charles qui les envoie.
Ce meurtre est annoncé par de longs cris de joie :
On part ; un peuple impie et de rage enivré ,
Traîne dans les chemins son corps défiguré ;
Au bout d'un fer sanglant Bême expose sa tête ;
Il porte à Médicis cette horrible conquête.
Ce sang , ces cheveux blancs , ce front pâle , ces yeux
Levés pour implorer le tribunal des cieux ,
Ces levres qui s'ouvroient pour demander vengeance ,
Des bourreaux triomphants prononçoient la sentence.
Nos fils, et que le ciel , trop long-temps en courroux,
Daigne les rendre , hélas ! moins barbares que nous !
Nos fils détesteront des trames infernales ,
Liront en pâlissant nos sanglantes annales ,
Avec un long effroi contempleront les cieux ,
Et maudiront les jours où vivaient leurs aïeux.
Pour moi , j'ai trop vécu: las de vertus stériles ,
Je vais rendre au tombeau quelques jours inutiles ,
Qu'à de vils assassins je ne dois plus offrir :
Le crime est sur le trône ; il est temps de mourir.

SCENE III.

CHARLES, CATHERINE, LORRAINE,
GUISE, COURTISANS, GARDES, PAGES
avec des flambeaux.

CATHERINE.

Venez, vengeurs du ciel , soutiens de votre maître.

LORRAINE.

Le ciel est satisfait. Coligni fut un traître.

HENRI.

Lui ? Coligni !

GUISE.

Lui-même , et son cœur dès long-temps

Méditoit...

HENRI.

Il est mort : n'êtes-vous pas contents?
Vous l'égorgez, cruels! et votre bouche impie
Ose encore attenter à l'éclat de sa vie !
Vous lui rendez justice ; un nom si glorieux
A mérité l'honneur de vous être odieux.
Voilà donc les héros , les soutiens de la France !
Quelle exécrable joie ! ou quelle indifference !
Quoi! je fais dans ce Louvre éclater mes douleurs
Sans trouver un Français qui réponde à mes pleurs !

CATHERINE.

D'un indigne regret si votre ame est atteinte ,
Du moins....

HENRI.

            N'attendez plus de servile contrainte :
Cet art , à nos Français si long-temps étranger ,
De flatter sa victime avant de l'égorger ,
Que ne le laissiez-vous au fond de l'Italie !
Cruelle ! ainsi par vous la France est avilie !
Ainsi vous flétrissez le nom de Médicis !
Vous renversez nos lois ! vous perdez votre fils !
Et vous , de vos sujets destructeur inflexible ,
Roi d'un peuple vaillant , bon , généreux , sensible ,
Vous vous rendez l'effroi de ce peuple indigné ,
Et , sur le trône assis , vous n'avez point régné.
D'un forfait sans exemple infortuné complice ,
Vous n'éviterez pas votre juste supplice :
Il commence ; et je vois dans vos yeux égarés
Le désespoir des cœurs en secret déchirés.
Eh bien , vous n'avez fait que la moitié du crime :
Je respire ; il vous reste encore une victime ;
Prenez-la. Mais bientôt le ciel va vous punir ;
A vos sujets proscrits le ciel va vous unir ;
Votre front est marqué du sceau de sa colere ;
Un repentir tardif vous parle et vous éclaire.
Ce sentiment affreux , précipitant vos jours ,
Au sein des voluptés en corrompra le cours :

Vous craindrez et la France , et vous-même , et la vie ;
A Coligni mourant vous porterez envie :
Le sommeil , ce seul bien qui reste aux malheureux ,
N'interrompra jamais vos ennuis douloureux ;
Pour de nouveaux tourments vous veillerez sans cesse ;
Et , quand la mort viendra frapper votre jeunesse ,
Vous chercherez par-tout des yeux consolateurs ;
Et vous verrez , non plus vos indignes flatteurs ,
Mais de vos attentats l'épouvantable image ,
Mais votre lit de mort entouré de carnage ,
Et votre nom royal à l'opprobre livré ,
Et l'éternel supplice aux méchants préparé.
Vous répandrez alors des larmes impuissantes ;
Vous gémirez : du fond des tombes menaçantes
Un cri s'élevera vers le ciel offensé ;
Et vous rendrez le sang que vous avez versé.

SCENE IV.

CHARLES, CATHERINE, LORRAINE,
GUISE, COURTISANS, GARDES, PAGES
avec des flambeaux.

CATHERINE.

JE ne prévoyois pas un tel excès d'audace :
A la mort échappé , l'imprudent vous menace !

Vous gémir ! vous , mon fils ! C'est à lui de trembler.
La main qui l'a sauvé peut encor l'accabler.

CHARLES.

Il a dit vrai.

CATHERINE.

Comment ?

CHARLES.

J'ai commis un grand crime.

LORRAINE.

Un roi doit se venger du parti qui l'opprime.

CHARLES.

Je ne suis plus un roi ; je suis un assassin.

CATHERINE.

Ah ! tout vous inspiroit cette important dessein :
Votre intérêt.

LORRAINE.

Le ciel.

GUISE,

L'éclat de votre empire.

CHARLES.

A me tromper encor leur perfidie aspire !
Les attentats des rois ne sont pas impunis !
Cruels ! à mes tourments soyez du moins unis.
C'est vous qui me coûtez des larmes éternelles.
Mes mains , vous le savez , n'étaient point criminelles ;
Sans crainte et sans remords je contemplois les cieux :
Tout est changé pour moi ; le jour m'est odieux.

Où fuir? où me cacher dans l'horreur des ténebres?
Ô nuit , couvre-moi bien de tes voiles funebres ?

CATHERINE.

Mon cher fils....

CHARLES.

En ces lieux qui vous a rassemblés?
Attendez un moment ; ne marchez pas ; tremblez.
Pour qui ces glaives nus ? quels sont vos adversaires ?
Vous courez immoler, qui ? vos amis ! vos freres !
Arrêtez ; je défends.... Mais que vois-je , inhumains ?
Quel meurtre abominable ensanglante vos mains !
Moi-même... Ah ! qu'ai-je fait ? Cruel , ingrat , perfide ,
Parjure à mes sermens , sacrilege , homicide ,
J'ai des plus vils tyrans réuni les forfaits ,
Et je suis tout couvert du sang de mes sujets ;
Ces lieux en sont baignés ; sous ces portiques sombres
Des malheureux proscrits je vois errer les ombres :
Une invisible main s'appesantit sur moi.
Dieu ! quel spectre hideux redouble mon effroi !
C'est lui ; j'entends sa voix terrible et menaçante :
Coligni... Voyez-vous cette tête sanglante?
Loin de moi cette tête et ces flancs entr'ouverts !
Il me suit , il me presse , il m'entraîne aux enfers.
Pardon , Dieu tout-puissant , Dieu qui venges les crimes !
Toi , Coligni , vous tous, vous, trop cheres victimes ,
Pardon ! si vous étiez témoins de mes douleurs,
A votre meurtrier vous donneriez des pleurs.

Des cruels ont instruit ma bouche à l'imposture ;
Leur voix a dans mon ame étouffé la nature ;
J'ai trahi la patrie, et l'honneur, et les lois :
Le ciel en me frappant donne un exemple aux rois.

FIN.

NOTES

LA TRAGÉDIE DE CHARLES IX.

ACTE PREMIER.

Ce palais retentit des chants de l'hyménée.

L_E mariage du jeune roi de Navarre, alors âgé de 19 ans, avec Marguerite de Valois, sœur de Charles IX, fut célébré au Louvre fort peu de temps avant le massacre de la Saint-Barthélemi.

Maurevel a commis un crime mercenaire.

Personne n'ignore que l'amiral de Coligni fut blessé d'un coup d'arquebuse deux ou trois jours avant le massacre : le meurtrier se nommait Maurevel ou Maurevert : il était attaché aux Guises ; et la part qu'ils avaient à cet assassinat ne peut raisonnablement être mise en doute. Trois heures après l'exécution du crime de Maurevel, Charles IX alla voir l'amiral de Coligni, et lui promit de rechercher et de faire punir les auteurs du complot. C'était le 22 août 1572 ; il le fit égorger deux jours après.

> Le poison terminant les jours de votre frere,
> Et peut-être au cercueil précipitant ma mere.

Le parti catholique fit empoisonner, dit-on, par un valet de chambre, le cardinal de Châtillon, frere de Coligni : ce prélat s'était réfugié à Londres ; il mourut en 1571.

Jeanne d'Albret, reine de Navarre, et mere de Henri IV, mourut à Paris le 9 juin 1572. Les protestants assuraient qu'elle avait été empoisonnée par un parfumeur florentin, nommé René. Le poison fut, dit-on, communiqué à des gants de senteur ; et le crime était ordonné par Catherine de Médicis. Au reste, ce fait n'est pas prouvé, et les historiens varient beaucoup sur le degré de croyance qu'il mérite.

Il faut observer qu'à cette époque, comme il arrive chez tous les peuples durant les temps de trouble, les partis opposés se reprochaient mutuellement des crimes, sans en apporter la

moindre preuve. En 1566, Simon le Mai, ac-
compagné de plusieurs assassins, voulut attenter à la vie de Charles IX, de Catherine de
Médicis, et du duc d'Anjou : les meurtriers ten-
terent ces assassinats sous l'hôtel-de-ville, un
soir que la famille royale, après souper, retour-
nait du Louvre à S.-Maur, maison de plai-
sance de Charles IX. La faction des Guises
prétendit que l'amiral de Coligni était le premier auteur de ce crime. Déja elle l'avoit accusé, en 1563, d'avoir déterminé Poltrot à tuer
le duc François de Guise.

> Nos succès, nos revers, et les champs odieux
> Où Condé, ce grand homme, expira sous nos yeux.

Le prince de Condé, oncle de Henri IV,
fut tué en 1569 à la bataille de Jarnac, par
Montesquiou, capitaine des gardes du duc
d'Anjou.

> Que les lieux où jadis s'écoulait mon enfance,
> Avec un tel séjour ont peu de ressemblance !

L'éducation fait les hommes presque autant
que la nature. Henri IV, élevé au château de
Coarasse en Béarn, parmi des rochers et des

NOTES.

montagnes, devint un grand prince parcequ'il ne fut point gâté à plaisir; il ne connut point dès son enfance la mollesse et la flatterie. S'il eût été accoutumé à vivre *en fils de roi*, il n'eût pas été si digne de régner. Lisez dans Péréfixe des détails sur son éducation agreste et vigoureuse. Les talents d'un instituteur, quelque grands qu'ils soient, ne peuvent lutter avantageusement contre des habitudes corruptrices. Qu'importent les leçons des Fénélon et des Condillac, s'ils sont obligés de parler à leur élève avec un profond respect, si l'instituteur, homme fait, homme éclairé, doit s'humilier devant le prince dans l'âge de la faiblesse et de l'ignorance? Tant que vous traiterez les enfants des rois comme s'ils étaient au-dessus des hommes, n'espérez pas qu'ils s'élèvent au niveau des hommes : ils vivront et mourront enfants.

ACTE II.

Flétrissant tout-à-coup le nom de connétable.

Le connétable de Bourbon, persécuté par la duchesse d'Angoulême, mère de François pre-

mier, se vit contraint de chercher un asyle à
la cour de Charles-Quint, dont il commanda
les armées. La haine qui anima contre lui la duchesse d'Angoulême ne venait, disent quelques
historiens, que d'un amour dédaigné. Le connétable de Bourbon quitta la France en 1523 :
il gagna l'année suivante contre l'amiral de
Bonnivet la bataille de Rébec, où Bayard fut
tué ; et en 1525 la célèbre bataille de Pavie,
où l'amiral de Bonnivet fut tué, et François I
fait prisonnier. Il mourut en 1527 au siege de
Rome.

> Deux fois le duc d'Anjou, confondant leurs desseins ;
> Dans un sang criminel a pu tremper ses mains.

Le duc d'Anjou, depuis Henri III, avait ga-
gné deux batailles contre le parti calviniste ;
celle de Jarnac et celle de Moncontour.

> Vous n'aimez que mon frere ; et je passe mes jours
> A l'entendre louer, à l'admirer toujours.

Des quatre fils de Catherine de Médicis
Henri III fut celui qu'elle aima le plus. Charles IX était jaloux de cette préférence, et de
la gloire qu'il avait acquise avant de régner.

11.

Hélas ! ce prince aveugle, à lui-même contraire,
Repoussait les conseils et le cœur de sa mere.

François II, dans l'espace très court de son
regne, fut gouverné uniquement par le duc de
Guise et son frere le cardinal de Lorraine.

Niece du grand Léon, fille des Médicis ;

c'est-à-dire petite-niece de Léon X, fille de
Laurent de Médicis, duc d'Urbin, neveu de
ce pontife célebre.

Avec Montmorenci je vis enfin s'éteindre
Le nom des Triumvirs qui n'était plus à craindre.

Le triumvirat était formé du duc de Guise,
du connétable de Montmorenci et du maré-
chal de Saint-André. Ce dernier mourut, en
1562, à la bataille de Dreux ; le duc de Guise
fut assassiné l'année suivante au siege d'Orléans ; le connétable de Montmorenci fut tué,
en 1567, à la bataille de Saint-Denys : il ne
savait ni lire ni écrire. La mort de ces trois
hommes renforça beaucoup le parti protestant,
déja très fort depuis le massacre de Vassi, pre-

mier signal des guerres civiles. Les grandes
injustices révoltent. Ceux qu'on voulait opprimer deviennent plus grands. Après le massacre de Vassi les calvinistes furent en état de
livrer des batailles. La S.-Barthélemi produisit la Ligue. Les protestants ne furent point
détruits ; et ceux même qui avaient conseillé
le crime pour relever, disaient-ils, l'autorité
royale prête à tomber en France, profiterent
de l'horreur universelle pour anéantir cette
autorité. L'assassinat du duc de Guise aux
états de Blois fit égorger Henri III et son illustre successeur.

Philippe et ses sujets sont nos vrais adversaires.

Philippe II, roi d'Espagne, fut lié toute sa
vie avec la faction des Guises : il fut l'ame et le
soutien de la Ligue. L'amiral de Coligni, persuadé qu'on devait à ce monarque hypocrite
et cruel une grande partie des malheurs de la
France, ne négligea rien pour engager Charles IX à porter la guerre en Espagne et en
Flandres. Outre les raisons de vengeance, Coligni donnait des raisons politiques pour déter-

miner cette entreprise : il croyait qu'une guerre
étrangere pourrait seule faire cesser la guerre
civile en France.

> Carlos, avant le temps au tombeau descendu,
> Jette un cri douloureux qui n'est pas entendu :
> Le sang de votre sœur demande aussi vengeance.

Isabelle de Valois, sœur de Charles IX,
épousa Philippe II, roi d'Espagne. Elle avoit
été promise à don Carlos, et périt empoisonnée, dit-on, pour s'être montrée trop sensible à l'amour de ce jeune prince. Ils mouru-
rent tous les deux en 1568.

> Pensez-vous qu'il oublie, en faveur de la France,
> Et leurs commune aïeux et leur double alliance ?

L'empereur Maximilien II, et le roi d'Espagne Philippe II, étaient cousins germains.
Maximilien avait épousé Marie d'Autriche,
sœur de Philippe ; et Philippe, Marguerite
d'Autriche, sœur de Maximilien.

> Au temps où Charles-Quint, lassé de sa grandeur,
> Nommant son fils monarque, et son frere empereur.

En 1555, Charles-Quint abdiqua la couronne d'Espagne en faveur de Philippe II son fils, et, trois ans après, la couronne impériale en faveur de son frere Ferdinand I, pere de Maximilien II. Cette division de l'héritage de Charles-Quint changea l'équilibre de l'Europe. C'est par cet évènement que la France parvint, un demi-siele après, à prendre son rang de puissance dominante.

> Ah! si Rome oubliait qu'un roi... de votre nom
> Réduisit Alexandre à demander pardon !

Il est ici question de Charles VIII et d'A-lexandre VI. L'entrée triomphante de Charles VIII dans la ville de Rome est de 1495. Après avoir conquis presque toute l'Italie, il revint en France, épuisé d'hommes et d'argent. L'exemple de ce prince ne désabusa point Louis XII et François I, ses successeurs, de cette chimérique conquête de l'Italie. Leurs succès ruinerent la France, malgré l'économie de Louis XII, et la vénalité des charges établie sous François I. Les finances de France, écrasées de jour en jour depuis la mort de Louis XI, ne se releverent que sous le ministere de Sulli.

Il s'éleve pour nous aux champs de l'Amérique
De nouveaux intérêts, une autre politique.

L'amiral de Coligni fut le premier qui en-
voya une colonie française dans le nord de
l'Amérique. La découverte de ce continent,
et la découverte bien plus importante de l'imprimerie, ont changé la face de l'univers. La
communication des idées est devenue si rapide,
qu'on peut prédire sans témérité que la puis-
sauce héréditaire et la superstition seront exi-
lées du monde dans quelques siecles, et de
l'Europe entiere avant cent années. La perfec-
tibilité indéfinie du genre humain était une idée
chere à Condorcet. Elle dicta le dernier ouvrage de ce grand homme, dans le temps même
où il périssait victime d'une opinion corrom-
pue, et de quelques bourreaux ambitieux qui
mettaient toute leur gloire à dégrader l'espece
humaine.

ACTE III.

Et que votre naissance
Semblait d'un si haut rang vous ôter l'espérance.

Le pere du chancelier de l'Hôpital était mé-
decin du connétable de.Bourbon, et petit-fils
d'un Juif d'Avignon, si l'on en croit Varillas.

Ah! Suger, Olivier, de qui les noms vantés
Seront de siecle en siecle à jamais répétés.

Suger fut ministre ou sénéchal sous
Louis VII ; Olivier fut chancelier de France
sous Henri II. La vertu du chancelier Olivier est vantée souvent dans les épîtres latines
du chancelier de l'Hôpital, qui lui succéda
immédiatement.

La paix a de nos maux trois fois rompu le cours;
Et toujours étouffés ils renaissent toujours.

La premiere paix entre les protestants et
les catholiques fut conclue en 1563, très peu
de temps après l'assassinat du duc François
de Guise ; la seconde fut conclue en 1568 :
elle est connue sous le nom de paix de
Longjumeau. La troisieme fut conclue en

1570 à Saint-Germain. Cette troisieme paix
ne fut proposée, de la part de Catherine de
Médicis, que pour attirer à Paris les chefs
du parti protestant.

     Comment déterminer les bornes des pensées?

    Des philosophes ont réclamé long-temps la
tolérance religieuse : mais ce mot de tolérance est très déplacé quand il s'agit d'opinions métaphysiques. Dans un pays libre, on
doit avoir la liberté la plus illimitée de mani-
fester ses opinions, sauf à être puni d'après
la loi, si les opinions manifestées ont pu nuire
à la société : mais en fait d'opinion, la calomnie seule est nuisible, la calomnie seule est
punissable ; tout le reste doit être indifférent.

    La liberté religieuse n'est encore établie
sur la terre que dans la République française
et dans quelques provinces de l'Amérique sep-
tentrionale ; et ces contrées sont les seules,
jusqu'à ce jour, où les hommes aient joui d'une
véritable liberté.

      Dix ans déja passés, un édit important
      Permit dans mes états le culte protestant.

Cet édit est de 1562.

Ils doivent leurs états à l'un de vos ancêtres.

Pépin, fils de Charles Martel, étant devenu roi des Français, donna l'exarchat de Ravenne au pape Étienne III, pour en jouir à perpétuité lui et ses successeurs. Son fils Charlemagne confirma cette donation sous le pontificat d'Adrien I. Les papes étaient alors vassaux des rois de France. Telle est l'origine de ces longues guerres de l'empire et du sacerdoce, qui ont désolé si long-temps l'Italie et l'Allemagne. De là vinrent tous les malheurs de la célebre maison de Souabe, qui descendait de Charlemagne.

Jean-sans-terre quittant, reprenant la couronne.

Jean-sans-terre fut excommunié par le pape Innocent III. Ce pontife accorda l'investiture du royaume d'Angleterre au dauphin Louis, fils de Philippe Auguste; mais le faible Jean-sans-terre ayant mis son empire sous la protection du pape, et s'étant déclaré vassal du saint-siege, le pontife *équitable* retira son excommunication. Le roi de France fut excommunié à son tour, aussi bien que son fils, qui, malgré les défenses de Rome, avait passé la

I. 12

mer pour se mettre en possession du royaume
d'Angleterre. L'infortuné Jean mourut bientôt consumé de chagrins : son fils Henri III
lui succéda. Le dauphin repassa en France
après avoir été roi d'Angleterre durant une
année. A son retour il fut contraint de se
soumettre à la pénitence qui lui fut imposée
par le souverain pontife : ses chapelains alle-
rent à Rome demander pardon pour lui ; et
ce pardon lui fut accordé à condition qu'il
donnerait deux ans de suite au saint-siege la
dixme de ses revenus.

Sept empereurs chassés de l'église et du trône.

Les sept empereurs dont il s'agit sont, Henri IV, Henri V, Frédéric I, surnommé *Barberousse*, Philippe *le régent*, Othon IV,
Frédéric II, Conrad IV. Les lecteurs seront
bien aises peut-être de jeter un coup-d'œil
rapide sur cette foule d'attentats des souverains
pontifes.

L'empereur Henri IV est excommunié par
Grégoire VII, par Victor III, par Urbain II,
principal auteur des croisades, et par Pascal II. Soutenu et conseillé par la cour de

Rome, le fils de ce grand et malheureux empereur se fait élire à la place de son pere vivant: Henri IV demande grace à ce fils coupable, et meurt à Liege en le dévonant aux vengeances du ciel. Henri V fit déterrer le corps de son pere, qui étoit mort rebelle au saint-siege, et chargé des excommunications de quatre souverains pontifes.

Henri V, une fois affermi sur le trône impérial, change de dispositions envers la cour de Rome. Il est excommunié par Pascal II, par Gélase II, et par Calixte II.

Le duc de Saxe, Lothaire, élu empereur après la mort d'Henri V, conserve la paix avec la cour de Rome à force de complaisances, ou plutôt de bassesses. Il fut, dit-on, le premier empereur qui baisa les pieds du pape. Le vatican érigea dès-lors en usage inviolable cette humiliante cérémonie. Pour s'y soustraire, Conrad III, son successeur, n'alla point se faire couronner en Italie.

Frédéric I, successeur et neveu de Conrad III, et si célebre sous le nom de Frédéric Barberousse, baise les pieds d'Adrien IV, et conduit sa mule dans Rome : il est excom-

munié par Alexandre III ; il crée deux anti-
papes ; et, après vingt ans de victoire, il finit
par faire la paix avec ce même Alexandre III.
Cette paix fut conclue à Venise : Frédéric baisa les pieds de son ennemi, et conduisit sa
mule dans la place Saint-Marc.

Henri VI, étant devenu empereur après la
mort de Frédéric I, son pere, ménage con-
stamment les souverains pontifes pour opprimer le reste de l'Italie sans obstacle. Il fut
injuste, avide et cruel ; mais il ne fut point
excommunié.

Philippe I est excommunié par Innocent III pour s'être dit empereur sans la per-
mission du pape : Innocent III lui propose de
lever l'excommunication s'il veut donner
sa sœur en mariage au neveu du souverain
pontife ; Innocent III demande aussi, pour la
dot de cette princesse, plusieurs provinces de
l'Italie. La proposition n'est pas acceptée.

Le même Innocent III excommunie
Othon IV, qu'il avait long-temps soutenu
sous le regne de Philippe I.

Grégoire IX, frere d'Innocent III, excommunie Frédéric II, successeur d'Othon IV,

et petit-fils de Barberousse, qu'il égaloit par le courage et par l'ambition. Durant toute sa vie Frédéric II ne cessa de combattre et de négocier pour établir en Italie le siege de l'empire : aussi nul empereur ne fut plus odieux au Vatican. Célestin IV et Innocent IV l'excommunierent comme avait fait Grégoire IX. La cour de Rome attribua le livre *de Tribus Impostoribus* à son chancelier Desvignes.

Conrad IV hérita de l'excommunication lancée contre son pere, de la haine du saint-siege, et des malheurs qui poursuivaient sa maison depuis plus de deux siecles. Les factions guelfes et gibelines déchirerent l'Italie pendant son regne comme durant les regnes de ses prédécesseurs. Il mourut empoisonné, dit-on, par Mainfroi, bâtard de Frédéric II, et chef d'un parti considérable qui lui donna le trône de Naples et de Sicile.

Voyez Charles d'Anjou, le fils des rois de France.

Ce fougueux pape, Innocent IV, après avoir déposé Frédéric II dans le concile de Lyon, après avoir prêché une croisade contre Conrad IV, et une autre contre Mainfroi,

proposa le royaume de Naples au comte d'Anjou, frere de Louis IX, roi de France. Trois
successeurs d'Innocent IV firent les mêmes
offres au comte d'Anjou, qui résolut enfin de
les accepter. Il se rendit maître de Naples et
de la Sicile ; le jeune Conradin fut défait en
bataille rangée : Charles d'Anjou eut la barbarie de lui faire trancher la tête, ainsi qu'à son
cousin le duc d'Autriche : il eut la barbarie
plus grande de revêtir cet assassinat des formes de la justice ; ces deux jeunes princes
furent condamnés par un jugement juridique ;
ce jugement fut exécuté en 1268. Quinze
ans après les Vêpres siciliennes vengerent la
mort de ces innocentes victimes.

C'est ainsi qu'au milieu des bûchers de Constance
Le schisme d'un moment puisa quelque importance

Le concile de Constance fut convoqué en
1414 par le pape Jean XXIII : on y condam-
na les opinions de Wiclef et de Jean Hus.
L'année suivante le concile fut terminé par le
supplice de Jean Hus et de son disciple Jé-
rôme de Prague. Jean Hus avait un sauf-con-
duit de l'empereur Sigismond. Ces deux hé-

résiarques furent brûlés avec beaucoup de cérémonie, en présence du pape, de l'empereur, et des peres du concile, pour l'édification des fideles. Ces meurtres occasionnerent en Allemagne une guerre longue et cruelle, vulgairement appelée *guerre des Hussites.* Martin Luther, dans le même siecle, renouvela, avec un succès prodigieux, les opinions de Wiclef et de Jean Hus.

> Citoyen de la France, et sujet sous cinq rois,
> Sous votre frere et vous ministre de ses lois.

L'Hôpital était né en 1505 ; par conséquent il avait vu Louis XII, François I, Henri II, François II, et Charles IX. Le cardinal de Lorraine, qui fut long-temps son protecteur, le fit nommer chancelier sous François II.

ACTE IV.

> La France, dont jadis il mérita l'estime,
> Le croit de l'hérésie un défenseur zélé ;
> Et son penchant secret nous est trop révélé.

Le chancelier de l'Hôpital défendit la cause

des protestants au colloque de Poissi en 1561, et l'année suivante à l'assemblée de Saint-Germain. Le discours qu'il prononça au colloque de Poissi fut censuré par la Sorbonne. Cette chaleur qu'il mit à défendre un tiers des Français fut attribuée par la multitude à son penchant pour les opinions nouvelles : de là le proverbe populaire, *Gardons-nous de la messe du chancelier.*

> De l'église outragée humble et docile enfant,
> Et créé par ses mains prêtre du dieu vivant,
> Je puis interpréter les volontés sacrées.

Le cardinal de Lorraine avait neuf évêchés ou archevêchés, et autant d'abbayes. Au concile de Trente il s'opposa fortement à l'établissement du divorce en France ; mais en récompense il proposa pour ce royaume l'établissement de l'inquisition. Dès ce moment il avait conçu le dessein de perdre l'amiral et tous les chefs des protestants. Écoutons Pasquier, cité par Bayle, article du cardinal de Lorraine. *Parceque les ministres, dit-il, gagnaient auparavant le peuple par prêches et exhortations, aussi M. le cardinal de Lorraine a voulu faire le semblable entre nous. Il a premièrement prêché en l'église Notre-Dame, ouï d'une incrédibile affluence d'auditeurs; et depuis en l'église Saint-Germain-l'Auxerrois, toutes les féries et octaves de la Fête-Dieu, par entre-suites de journées, lui prêchant un jour, et le lendemain le minime dont je vous ai ci-dessus écrit; admonestant sur toute chose le peuple qu'il fallait plutôt mourir et se laisser épuiser jusqu'à la derniere goutte de sang, que de permettre, contre l'honneur de Dieu et de son église, qu'autre religion eût cours en France que celle que nos ancêtres avaient si étroitement et si religieusement observée. Ce m'a été chose aussi nouvelle de voir prêcher un cardinal, comme peu auparavant un ministre. Il a excité grandement le peuple aux armes.* Bayle termine cet article par une invective éloquente contre le cardinal de Lorraine, dont les mœurs étaient aussi peu évangéliques que le caractere. Cette énergique sortie trouvera sa place ici; et peut-être l'autorité de Bayle en imposera à quelques gens, qui, ne connaissant pas mieux l'histoire que la poésie dramatique,

m'ont reproché d'avoir représenté ce cardinal
bénissant à Paris le glaive des assassins. Il
était à Rome sans doute ; mais de Rome il
dirigeait les meurtres qu'il avait conseillés ;
mais il donna mille écus d'or au courier qui
lui apporta la nouvelle du massacre. « C'était
« un grand cardinal, qui ne s'exposait à rien
« en allumant par tous les coins du royaume
« la guerre civile : il était assuré de suivre
« toujours la cour, à l'abri de tout danger et
« de toute peine, et que, pendant que les
« provinces seraient un théâtre de carnage,
« il continuerait à *se vautrer* dans les volup-
« tés, que son luxe, sa pompe, sa bonne
« chere, ses amourettes, ne souffriraient
« point d'interruption. C'est là un sujet de
« scandale qui doit augmenter prodigieuse-
« ment l'horreur que fait aux ames vérita-
« blement chrétiennes un prédicateur boute-
« feu, cornet de guerre, et de supplices et
« de tueries ; homme qui, à proprement par-
« ler, n'est point de la religion de J.-C.,
« mais de celle de Saturne, et qui, dans le
« fond, pratique ce que les prêtres de Car-
« thage pratiquaient anciennement en l'hon-

« neur de ce faux dieu ; ils lui immoloient
« des hommes, et s'imaginaient que sa reli-
« gion demandait de telles victimes. »

ACTE V.

Sous tant de meurtriers le grand homme abattu
Expire en invoquant Charles qui les envoie.

L'auteur de la vie latine de Coligni, im-
primée par les Elzévirs, raconte la mort de
cet homme illustre avec beaucoup d'intérêt et
de naïveté. Je me sers ici de la traduction
française publiée à-peu-près dans le même
temps et par les mêmes imprimeurs.

« Téligni s'était sur la minuit retiré avec
« sa femme en son logis, joignant celui de
« l'admiral. Il y avait toutefois cinq Suisses
« de garde en la cour, que le roi de Navarre
« y avait envoyés des siens. Or, un peu devant
« le jour, ayant été dit à la bonne qu'il y avait
« quelqu'un à la porte qui demandait à par-
« ler à l'admiral de la part du roi ; il part
« soudain avec les clefs : et ne l'eut pas plu-
« tôt ouverte que Cosseins ne le poignardât,
« entrant avec ses arquebusiers dans la mai-

« son, et tuant tous ceux qu'il rencontrait ou
« fuyants ou étonnés, et remplissant tout de
« bruit et de tumulte; et après avoir enfoncé
« l'autre porte qui fermait la montée, et tué
« un Suisse d'un coup de balle, toutefois quel-
« ques coffres, qui furent jetés sur les degrés,
« lui empêchaient le passage. L'admiral et
« ceux qui étaient avec lui resveillés au
« bruit des arquebusades, et ne doutant plus
« de l'effort des ennemis, soudain jetés par
« terre, commencerent à prier Dieu qu'il
« lui pleust s'appaiser, et les regarder en ses
« compassions. L'admiral s'étant levé, et ayant
« pris sa robe de chambre, commande à son
« ministre Merlin de faire la priere; et sui-
« vant ses paroles avec de véhéments soupirs,
« et invoquant Jésus-Christ, se résolut de re-
« commander à Dieu et remettre entre ses
« mains l'esprit qu'il avait reçu de lui en usu-
« fruit. Et comme le témoin oculaire de ces
« choses fut entré en sa chambre, et que le
« chirurgien lui eut demandé que signifiait
« cette rumeur, se tournant vers l'admiral, il
« lui dit : C'est Dieu qui nous appelle à lui;
« la maison est forcée, et n'y a point de moyens

« de résister. Il y a long-temps, respondit l'ad
« miral, que je me suis préparé à la mort :
« pensez vous autres à vous sauver, s'il est pos-
« sible ; car en vain vous efforceriez-vous de
« pourvoir à ma vie. Je recommande mon ame
« à la miséricorde de Dieu. Et fut remarqué
« de ceux qui rendent ce témoignage, que son
« visage ne parut non plus troublé que si rien
« ne fût arrivé de nouveau. Ainsi chacun, hor-
« mis un, nommé Nicolas de la Mouche, son
« interprete de la langue allemande et servi-
« teur domestique très fidele, ayant monté au
« hault du logis, et trouvé une fenêtre aux
« tuiles, il y en eut quelques uns qui à la faveur
« de la nuit se sauverent. Cependant Cosseins,
« après avoir fait destourner les coffres et au-
« tres embarras, fit premièrement entrer quel-
« ques Suisses, vestus de verd, blanc, et noir,
« couleurs du duc d'Anjou, qui n'offenserent
« pas un des quatre autres de leurs compa-
« triotes, qu'ils rencontrerent sur les degrés :
« mais Cosseins, ayant la cuirasse, la ronda-
« che, et l'épée nue en la main, aussitôt qu'il
« les eut apperçus, fit tirer le plus proche de
« ses arquebusiers sur eux ; dont l'un tomba

« mort du coup : puis un Allemand, nommé
« Besme, natif du duché de Wirtemberg,
« et fils, comme l'on dit, d'un qui avait eu
« la charge de l'artillerie, fut le premier qui
« entra dans la chambre ; et ayant demandé à
« l'admiral, qu'il vit assis, s'il n'était pas l'ad-
« miral, il lui respondit : Je le suis ; mais toi,
« jeune homme, respecte mes cheveux gris et
« ma vieillesse. Lors Besme, sans autre re-
« partie de paroles, lui donna un coup d'épée
« sur la tête, et fut le premier qui s'ensan-
« glanta du sang de l'admiral ; que Cosseins,
« Attins, et autres que suivirent, acheverent.
« Et ayant fait jeter le corps par les fenêtres
« dans la cour, où le duc de Guise le frappa
« du pied, il demeura exposé à toute sorte
« d'ignominie, partie de ses membres cou-
« pés, traînés par les boues ; et enfin trois jours
« après pendu par les pieds à Montfaucon,
« où il demeura quelques jours, pour trophée
« et marque de la cruauté et rage que le peu-
« ple de Paris exerça, non seulement sur lui
« étant en vie, mais aussi sur son corps mort.
« Ce que la postérité ne mettra pas en oubli,
« et que plusieurs de grand jugement présa-

« gent devoir être fatal au principal auteur de
« sa mort. »

Vie de Gaspard de Coligni, à Leyde, chez
Bonaventure et Abraham Elzévier, in-12,
1643.

FIN DES NOTES.

HENRI VIII,

TRAGÉDIE,

Représentée pour la première fois à Paris, sur le théâtre de la République, le 27 avril 1791.

PERSONNAGES.

HENRI VIII, roi d'Angleterre.

ANNE DE BOULEN, épouse de Henri VIII.

JEANNE SEIMOUR.

CRANMER, archevêque de Cantorbery.

LE DUC DE NORFOLK.

NORRIS.

ÉLISABETH, fille de Henri VIII et d'Anne de Boulen.

LE COMMANDANT de la tour.

UNE FEMME de la suite d'Élisabeth.

COURTISANS.

PAGES.

GARDES.

La scène est à Londres. Le quatrieme acte se passe dans la tour ; les autres dans un portique du palais des rois d'Angleterre.

HENRI VIII,

TRAGEDIE.

ACTE PREMIER.

SCENE PREMIERE.

SEIMOUR, CRANMER.

CRANMER.

Je puis donc sans témoins vous parler en ces lieux
Que j'avais si long-temps interdits à mes yeux :
Au récit imprévu du malheur de la reine,
Madame, en ce palais le devoir me ramene :
Du pied des saints autels au pied du trône admis,
J'oserai m'opposer à ses vils ennemis.
La voix des courtisans, voix trompeuse et funeste,
Lui reproche à grands cris l'adultere et l'inceste :
Parmi ses détracteurs je ne puis vous compter.
Je vois le rang superbe où vous devez monter :
Un trône vous attend ; la route en est ouverte :
La reine vit encor ; mais le roi veut sa perte.

Je connais son dépit et son nouvel amour,
Et je connais aussi les vertus de Seimour.
Mon ame, en vous voyant, ne peut être alarmée,
Et votre aspect répond à votre renommée.
Au moment où je parle une douce candeur
En vos regards émus se mêle à la pudeur :
Votre cœur me prévient, et se plaît à m'entendre.
Ah! ne repoussez pas un intérêt si tendre ;
Et si contre Boulen tout s'unit aujourd'hui,
Que sa rivale au moins devienne son appui.
Assez d'autres sans moi, pleins d'un servile zele,
Flatteront désormais votre grandeur nouvelle :
Je dois à l'innocence apporter mon secours.
Ma bouche connaît peu le langage des cours ;
Je n'entre point ici pour approuver les crimes,
Et des prêtres flatteurs j'abhorre les maximes.
Je ne veux point, madame, unir à l'encensoir
Les soins du ministere et l'abus du pouvoir ;
Loin de moi ce desir impie et sacrilege !
Je prétends réclamer le plus saint privilege.
Par nous la vérité doit aller jusqu'aux rois ;
Près de mon souverain j'exercerai mes droits.
Puisse un Dieu qui toujours a prêché l'indulgence
L'éclairer par ma bouche, et fléchir sa vengeance !

SEIMOUR.

Pontife respecté, vos desirs sont les miens :
Servons tous deux la reine, et soyons ses soutiens.
Soumise à son empire, élevée auprès d'elle,

Je garde à ses bienfaits un souvenir fidele.
D'un rang trop périlleux si j'aimais la splendeur,
Voudrois-je par un crime acheter ma grandeur?
Non; je hais cet orgueil qui rend l'ame insensible,
Et je veux moins d'éclat, mais un cœur plus paisible.

CRANMER.

Gardez ces sentiments; ils sont dignes de vous.

SEYMOUR.

Puisse la reine encor désarmer son époux!

CRANMER.

Je n'en saurais douter, son cœur n'est point coupable;
Des crimes qu'on lui prête elle est trop incapable.
Mais d'un mot, d'un regard ce monarque est blessé:
Son épouse un instant l'aurait-elle offensé?
De sa disgrace enfin dites-moi le mystere.

SEYMOUR.

Seule j'en suis la cause, et bien involontaire.
Heureuses toutes deux, tranquilles, si toujours
Loin d'elle et loin du roi j'avais passé mes jours!
Il m'aime. On connaît trop ses orgueilleux caprices;
L'amour en tous les temps causa ses injustices.
De liens importuns soigneux de s'affranchir,
Sous un devoir pénible il ne sait point fléchir.
Des princes d'Arragon la fille infortunée,
Pour un nouvel hymen jadis abandonnée,
Vit d'un injuste arrêt son hymen outragé:
De cet empire entier le culte fut changé;
Et de l'heureux Volsei la disgrace éclatante

Marqua, vous le savez, cette époque importante.
C'est le jour de la reine; il devait arriver:
Elle éprouve un malheur qu'elle a fait éprouver:
L'amour la fit régner; elle a cessé de plaire.
Le roi, depuis un temps cachant mal sa colere,
Distrait en sa présence, inquiet, égaré,
Au coup qu'il a frappé paraissait préparé.
Sa rigueur est terrible, et non pas imprévue.
Il fuyait son aspect, et recherchait ma vue.
Il m'observait souvent, et se sentait troubler;
Chaque jour en secret il voulait me parler:
En m'offrant sa couronne il m'inspirait la crainte;
Et sa bouche à la mienne imposant la contrainte,
Plus encor que ses feux m'étalant son pouvoir,
D'accepter ses présents me faisait un devoir.
Enfin, depuis six jours, captive, désolée,
Au fond d'une prison la reine est exilée;
Et son frere, et Norris, long-temps aimé du roi,
Lui qu'auprès de la reine attachait son emploi,
Lui qui, par son crédit, ses vertus, son courage,
Des Anglais, jeune encore, a mérité l'hommage;
Quelques autres sujets qui, dans un rang plus bas,
Servaient aussi la reine et suivaient tous ses pas,
Chargés des mêmes fers, attendent la journée
Qui la verra peut-être à mourir condamnée.
C'est peu qu'en cet état, réduite à l'abandon,
Aucun n'ose aujourd'hui demander son pardon;
Des amis du pouvoir que devait-elle attendre!

Mais, hélas ! sans frémir vous ne pourrez l'entendre :
Celui de qui la voix préside au jugement,
Son flatteur autrefois, Norfolk, en ce moment,
Brisant le nœud sacré qui l'unit à la reine,
Du monarque inflexible irrite encor la haine ;
Et, de son propre sang criminel oppresseur,
Ose insulter lui-même aux enfants de sa sœur.
Lorsque ma voix timide, et toujours impuissante,
Rappelle à son époux cette épouse innocente,
Il m'écoute avec peine ; et, loin d'être touché,
Il me jure un amour que je n'ai point cherché.
Ô vous à qui le ciel accorde ses lumieres,
Boulen n'a plus d'espoir qu'en vos seules prieres :
Pour elle au cœur du roi sachez vous adresser ;
Et, si mon sort enfin peut vous intéresser,
Cranmer, en la sauvant d'une injuste disgrace,
Sauvez-moi du malheur de régner en sa place.

CRANMER.

Malgré son infortune, elle est reine pour moi.
Eh ! comment oublier tout ce que je lui doi ?
Mais si tous deux enfin, regrettant sa puissance,
Nous lui sommes liés par la reconnaissance,
Quel autre à son destin peut rester étranger !
Sous le joug des bienfaits elle a su tout ranger.
Au moment de sa gloire, et dans ces jours de fête
Où le saint diadème environnait sa tête,
L'Angleterre, imitant son monarque enchanté,
La nommait souveraine, et vantait sa beauté.

Ma bouche, qui rejette un profane langage,
A ce fragile éclat ne doit point son hommage ;
Mais l'auguste bonté respirait dans ses traits ;
La vertu relevait ses modestes attraits.
Durant plus de cinq ans j'ai vu sa bienfaisance ;
J'ai vu par-tout les pleurs taris en sa présence ;
Par ses royales mains l'indigent secouru
N'était plus indigent quand elle avait paru.

SEIMOUR.

Je m'en souviens, pontife, et je répands des larmes.
Puisqu'à la vérité vous prêtez tant de charmes,
Rendez, rendez la reine à ses tristes sujets.
On ouvre : c'est le roi qui descend du palais.
Il ne voit rien ; son front est couvert d'un nuage,
Tandis que, sur ses traits composant leur visage,
Ses muets courtisans, rassemblés près de lui,
Flattant par leur silence, imitent son ennui.
Vous voyez tous ces grands vendus à la puissance,
Dont la bouche homicide égorge l'innocence,
Et qui, se disputant la faveur d'un coup-d'œil,
A ramper sans pudeur ont placé leur orgueil.

SCENE II.

SEIMOUR, HENRI, CRANMER,
COURTISANS, PAGES, GARDES.

HENRI.

JE languis sur le trône, et de mes jours plus sombres
Elle seule à son gré peut dissiper les ombres.
L'image de Seimour en tous lieux me poursuit:
Elle connaît mon cœur, d'où vient qu'elle me fuit?
Qu'on l'amene à mes yeux.

SEIMOUR.
Sire....

HENRI.
C'est vous, madame!
Ah! je sens le repos, il renaît dans mon ame.
Demeurez près de moi. Je vois avec plaisir
Que vous avez, Cranmer, prévenu mon desir.
Je veux de notre hymen avancer la journée;
Vous devez à son sort unir ma destinée.

CRANMER.
Sire, d'un tel emploi daignez me dispenser.

HENRI.
Vous dispenser! comment! qu'osez-vous m'annoncer!

CRANMER.
Votre épouse à vos yeux est un objet de haine;
Mais l'Angleterre hésite à soupçonner la reine:

On aime , on vante encor son pouvoir généreux ,
Ce nom qui tarissait les pleurs des malheureux ,
Sa douceur , sa bonté royale et maternelle :
Avec tant de vertus devient-on criminelle?
Un injuste soupçon peut tromper votre cœur ,
Et la prudence humaine est sujette à l'erreur.
Malheur au souverain que la vérité blesse !
Heureux le sage roi qui connaît sa faiblesse,
Et dont l'oreille auguste , aimant la liberté ,
Accueille avec plaisir la sainte vérité !
Soyez digne aujourd'hui du trône et de vous-même ;
Écoutez les discours d'un peuple qui vous aime :
« Sous vingt tyrans, dit-il , ces murs ensanglantés
« N'ont vu que des forfaits et des calamités.
« Henri doit aux Anglais un regne moins sinistre.
« Au lieu de tous ces rois , esclaves d'un ministre ,
« Nous voyons sur le trône un monarque éclairé ,
« Chéri de ses sujets , dans l'Europe admiré :
« Protecteur de la foi , zélé pour sa défense ,
« Mais des tyrans sacrés combattant la puissance ,
« Il a d'un grand exemple étonné l'univers ;
« Londres du Vatican ne porte plus les fers.
« Serait-il infidele à sa premiere gloire?
« Faut-il que l'avenir reproche à sa mémoire
« Tous ces pieges sanglants , ces vengeances des rois ,
« Ces attentats commis par le glaive des lois? »
Sire, de votre peuple ainsi la voix s'explique.
J'ose unir mes accents à cette voix publique.

Des Anglais et du ciel remplissez le desir :
Punir est un tourment, pardonner un plaisir ;
C'est de la royauté le droit le plus auguste,
Un devoir aussi saint que celui d'être juste :
Il faut plaindre le sort du prince infortuné
Dont le cœur endurci n'a jamais pardonné.

HENRI.

Ce trône a vu parfois des monarques faciles
Aux lois de leurs sujets aveuglément dociles ;
Mais ce peuple si fier, si long-temps indomté,
Sait maintenant fléchir devant ma volonté.
Si d'absoudre la reine un seul était capable,
S'il la justifiait tandis qu'elle est coupable....
Je ne suis pas injuste, et vous me connaissez :
Son crime est avéré : je me plains ; c'est assez.
Réprimez les transports de votre zele austere,
Prélat. Vos cheveux blancs, votre saint ministere,
Vos vertus, jusqu'ici, m'ont fait tout excuser:
De mes bontés enfin vous pourriez abuser.

A sa suite.

Allez. Vous, près d'ici restez sous ces portiques.

Cranmer et la suite se retirent.

SCENE III.

SEIMOUR, HENRI.

HENRI.

MOI, daigner obéir aux volontés publiques!
Mais laissons le vulgaire et sa vaine pitié:
Madame, en vous voyant tout doit être oublié.

SEIMOUR.

Ah! n'oubliez jamais celle qui vous fut chere!
Songez qu'en ce moment sa plaintive misere
Verse en secret des pleurs que vous faites couler;
Mais, sire, un mot de vous pourrait la consoler.
Songez-y.

HENRI.

       Vainement vous me parlez pour elle;
Et plus je vous entends, plus elle est criminelle.

SEIMOUR.

Laissez à vos soupçons le temps de s'éclaircir:
Votre premier dépit peut un jour s'adoucir.
Différez vos rigueurs.

HENRI.

       Je ne le puis, madame.
Ecoutez; je veux bien vous découvrir mon ame.
J'ai cherché le bonheur par cent chemins divers:
Des camps et de la paix ignorant les revers,
J'ai vu, dans leurs débats, la Castille et la France
Par des ambassadeurs briguer mon alliance;

Reconnu pour arbitre entre les souverains,
J'ai tenu quelquefois leur sort entre mes mains.
Étendant chaque jour les droits du diadême,
Prince, législateur, et pontife suprême,
Fameux par la science, et grand par les écrits,
J'ai d'un peuple féroce enchaîné les esprits.
J'ai connu l'amitié, la douce confiance,
L'amour, la pitié même, et souvent la vengeance :
En un mot, j'ai goûté tous les plaisirs d'un roi,
Sans trouver ce bonheur qui fuyait devant moi.
Il est auprès de vous. Mais vous devez m'entendre :
A changer mes desseins il ne faut point s'attendre.
Près d'obtenir un bien si long-temps recherché,
Je ne souffrirai point qu'il me soit arraché :
A mes feux irrités tout deviendra facile.
Si l'on me résistait.... Mais on sera docile :
Quel sujet, las de vivre, oserait m'irriter ?

SEIMOUR.

Je tremble.

HENRI.

Eh ! qu'avez-vous, madame, à redouter ?

SEIMOUR.

Ce discours menaçant....

HENRI.

Est-ce à vous qu'il s'adresse ?
Non, ne me craignez point ; comptez sur ma tendresse.

SEIMOUR.

Un seul moment encor si j'osais vous parler....

14.

HENRI.

Un moment, vous! Parlez; rien ne doit vous troubler.
Ne voyez plus en moi qu'un époux qui vous aime.

SEIMOUR.

Pardonnez.... Mais enfin cet éclat, ce nom même,
Ce rang que vous m'offrez, ces bontés de mon roi,
M'étonnent, je l'avoue, et m'inspirent l'effroi.

HENRI.

Qu'entends-je?

SEIMOUR.

          Un tel discours peut vous sembler étrange :
Mon sort paraît heureux, il est grand; mais tout change.
Deux reines sous mes yeux ont rempli tour-à-tour
Le trône où vous voulez me placer en ce jour;
Sous mes yeux cependant tour-à-tour opprimées....
Vous m'aimez aujourd'hui; vous les avez aimées.

HENRI.

Ne vous alarmez plus sur des bruits incertains.
Catherine à mes jours unissant ses destins,
Ne trouva qu'un époux qui l'évitait sans cesse,
Et jamais d'un soupir n'accueillit sa tendresse.
Ses vertus à mes yeux en vain venaient s'offrir;
Je l'estimais, madame, et n'ai pu la chérir.
Mais j'étais jeune encore, et sujet de mon pere;
Je fus promis, vendu comme un prince vulgaire;
Et, d'un nœud politique enchaîné malgré moi,
Sitôt que je l'ai pu, j'ai dégagé ma foi.
J'aimai long-temps Boulen; cet aveu m'humilie :

Ses attraits m'ont touché ; mais elle est avilie.
Dès long-temps sa conduite appelait ma rigueur :
Elle a voulu se perdre et se fermer mon cœur.
Eh quoi ! n'est-il pas temps qu'à la fin je respire ?
D'un objet criminel j'ai rejeté l'empire :
Mes yeux se sont ouverts ; j'ai rougi de l'aimer.
C'est vous qui rassemblez tout ce qui peut charmer ;
Les vertus, la beauté, la grace plus touchante,
En vous tout me séduit, et m'attire, et m'enchante.
Ah ! remplissez mon cœur, et rendez-lui la paix !
Mais d'une autre sur-tout ne me parlez jamais.
Tout ce qui n'est pas vous et me pese et m'offense :
Ayez moins de frayeur et plus de confiance ;
Et quand vous seule enfin pouvez me rendre heureux,
Ne songez seulement qu'à répondre à mes vœux.

SCENE IV.

SEIMOUR, HENRI, CRANMER.

CRANMER.

SIRE....

HENRI.
Eh bien ! quel motif à mes yeux vous ramene ?

CRANMER.
Je viens mettre à vos pieds cet écrit de la reine.

HENRI.
Vous a-t-elle chargé de me le présenter ?

HENRI VIII.

CRANMER.

Aucun des courtisans n'osait vous l'apporter.

HENRI.

Et vous seul?....

CRANMER.

En vos mains j'ai promis de le rendre.

HENRI, *ayant pris la lettre.*

Tant de zele, pontife, a droit de me surprendre.
Toujours entre elle et moi voulez-vous vous offrir?

CRANMER.

Eh ! quel autre en ces lieux l'oserait secourir?

HENRI.

Dans cet écrit sans doute elle se justifie :
Mais ce n'est plus à moi d'ordonner de sa vie.

SEIMOUR.

Connaissez sa défense, ô vous qui l'accusez !
Vous ignorez ses vœux, daignez au moins....

HENRI *donnant la lettre à Seimour.*

Lisez.

SEIMOUR, *lisant.*

« Sire, je vous écris à mon heure suprême.
     « Bientôt vous m'allez condamner :
« Que le cœur qui m'aima se pardonne à lui-même,
« Et que le ciel encor daigne vous pardonner !
« Prenez soin de ma fille en immolant sa mere ;
     « Épargnez les jours de mon frere ;
« Épargnez mes amis : c'est mon vœu, mon espoir.
« Laissez-moi seule enfin subir ma destinée :

« Mais plaignez votre épouse ; et que l'infortunée
« Puisse, avant d'expirer, vous entendre et vous voir » !

Et vous rejetteriez sa priere si tendre?
                    HENRI.
Si vous le desirez je consens à l'entendre.
                    SEIMOUR.
Daignez y consentir.
                    HENRI.
                    Mais n'oubliez jamais
Ce qu'il va m'en coûter pour remplir vos souhaits.
        Norfolk entre.

SCENE V.

SEIMOUR, HENRI, NORFOLK, CRANMER.

                    HENRI.
Juge, pardonnez-moi ; c'est en votre présence
Que la sainte équité fait place à l'indulgence.
Prélat, Boulen encor peut s'offrir à mes yeux :
Commandez de ma part qu'on l'amene en ces lieux.
Vous, demeurez, Norfolk : et vous, allez m'attendre,
Madame : auprès de vous je vais bientôt me rendre.
Vous, soutiens de l'état, paraissez, venez tous.
        Seimour et Cranmer sortent.

SCENE VI.

HENRI, NORFOLK, COURTISANS,
PAGES, GARDES.

HENRI.

Voici le digne objet dont je serai l'époux.
Accompagnez Seimour, et la traitez en reine :
Sujette encor de nom, mais déja souveraine,
Elle peut tout sur moi ; songez qu'entre ses mains
Elle tient désormais mon sort et vos destins.
 Les courtisans, les pages et les gardes sortent.

SCENE VII.

HENRI, NORFOLK.

HENRI.

Du succès de ton zele il est temps de m'instruire :
M'as-tu servi, Norfolk, et viens-tu de séduire
Tous ces vils accusés dociles au pouvoir ?
Je t'avais, tu le sais, commandé de les voir,
D'oser leur dévoiler le secret de ma haine,
De leur offrir le jour s'ils accusaient la reine.

NORFOLK.

Ils viennent de parler.

HENRI.

Je ne suis point trahi ?

NORFOLK.

Non ; soyez satisfait , ils ont tous obéi.

HENRI.

Ce n'est pas tout, Norfolk ; il faut avec adresse
Gagner encor Norris par la même promesse.

NORFOLK.

Norris !

HENRI.

Oui. Tu l'as vu , flattant avec fierté ,
Conserver dans ma cour un ton de liberté ;
Il affectait, Norfolk , une franchise austere.

NORFOLK.

Mais pourrons-nous jamais fléchir son caractere ?

HENRI.

Essayons.

NORFOLK.

Cet orgueil....

HENRI.

Il doit être abattu.

NORFOLK.

Nous sacrifiera-t-il sa gloire et sa vertu ?

HENRI.

La vertu n'est qu'une ombre, un fantôme illusoire.
Il est né mon sujet ; m'obéir est sa gloire ;

Et ma faveur qu'un jour il pourrait recouvrer....

NORFOLK.

Qu'il pourrait?...

HENRI.

Tu m'entends ; fais-lui tout espérer.

NORFOLK.

Je suivrai de mon roi la volonté sacrée.
Du peuple cependant la reine est adorée.

HENRI.

Les vains cris de ce peuple excitent mes mépris.

NORFOLK.

La révolte bientôt peut succéder aux cris.

HENRI.

Non. Je connais ce peuple et l'esprit qui l'anime :
Il brave un souverain faible et pusillanime ;
Sous un maître inflexible il ne sait que ramper.
Dix rois l'ont asservi , sans daigner le tromper.
Jean , que déshonoraient les succès de la France,
Vit avec son bonheur décroître sa puissance ;
Mais dans les derniers temps de ces Plantagénets,
Les rois faisaient la guerre à leurs propres sujets :
Le poison , les bourreaux , s'unissant à l'épée,
Ne faisaient qu'affermir la couronne usurpée ;
Et le peuple , écrasé sous un joug oppresseur,
Adorait ses tyrans , et vantait leur douceur.
Mon père , qui régna par le droit de la guerre,
Qui fit tomber Richard , et vengea l'Angleterre,
De son génie adroit déployant les ressorts,

De subsides nombreux sut enfler ses trésors.
Il demandait sans cessé , et toujours sa constance
Surmonta des Anglais la faible résistance.
Moi-même (il faut parler avec sincérité) ,
Moi-même je suis las de léur facilité.
J'ai détruit , j'ai changé le culte de l'empire
Sans trouver une voix qui m'osât contredire.
Ce frein si respecté de la religion ,
Les usages , les mœurs , l'antique opinion ,
N'ont pu contre moi seul emporter la balance ;
Et j'ai vu l'Angleterre obéir en silence.

NORFOLK.

En suivant votre exemple , elle a fait son devoir.

HENRI.

Je suis loin de Seimour ; je songe à la revoir.
Oui, mon cœur a besoin de respirer près d'elle.
Toi, va tromper Norris ; va , cours, ami fidele.
Prêtons à mes desseins un dehors spécieux ;
Briguons la voix du peuple , et fascinons ses yeux.
Puisque tout peut servir le vœu de ma colere,
Ayons l'air un moment de flatter le vulgaire :
A sa raison timide on doit en imposer ,
Le braver , s'il le faut , mais souvent l'abuser ,
Et , mêlant avec art la force et la prudence ,
Éterniser l'erreur , qui fait sa dépendance.

Fin du premier acte.

ACTE II.

SCENE PREMIERE.

BOULEN, *seule.*

Me trompé-je? est-ce encor le soleil qui me luit?
Hélas! de ma prison je regrette la nuit.
Cette douce clarté pour moi n'a plus de charmes;
Le jour blesse mes yeux fatigués par les larmes;
Et ces superbes murs voilés de ma douleur
M'offrent par-tout le deuil qui regne dans mon cœur.
Ah! je n'ai plus d'époux! tout me nuit, tout m'accable
Je ne trouverai plus qu'un maître impitoyable.
Mais on vient: c'est Cranmer qui porte ici ses pas.

SCENE II.

BOULEN, CRANMER.

CRANMER.

Reine....

BOULEN.

Moi, votre reine? Ah! ne m'insultez pas!

CRANMER.

Avez-vous pu douter de mes soins, de mon zele?

Je vous dois tout, madame, et je vous suis fidele.

BOULEN.

Est-il vrai? tous les cœurs ne me sont point fermés?

CRANMER.

De pitié, de respect vos sujets enflammés,
Regrettent ces beaux jours où vos mains fortunées
De ce puissant état réglaient les destinées.
Sous le poids de vos maux le peuple est abattu :
Il exalte en pleurant votre auguste vertu.
Loin des rois, il n'a point à flatter leur caprice,
Et jusques sur le trône il blâme l'injustice.

BOULEN.

Le peuple doit gémir. Et cette cour?...

CRANMER.

Hélas !

Vous n'avez plus d'amis au séjour des ingrats.

BOULEN.

Les cruels autrefois adoraient ma fortune.
Mais chassons du passé la mémoire importune.

CRANMER.

Avec votre destin, madame, ils ont changé.

BOULEN.

Je vous revois, mon cœur est un peu soulagé.
Vous avez fui la cour aux jours de ma puissance :
D'un prélat vertueux j'ai respecté l'absence.
A la cour maintenant qui peut vous appeler ?
Vous venez pour me plaindre et pour me consoler !

CRANMER.

D'un serviteur zélé vous devez plus attendre ;
Je viens pour vous servir, je viens pour vous défendre.
Quand le bonheur public naissait autour de vous,
Je priais pour vos jours et ceux de votre époux ;
Au temple renfermé, dans nos paisibles fêtes,
Je conjurais le ciel de veiller sur vos têtes :
Les vœux d'un peuple entier s'unissaient à mes vœux :
Je n'entends aujourd'hui que ses cris douloureux ;
Et je viens en des lieux pleins de vos infortunes
Apporter mes sanglots et les plaintes communes.

BOULEN.

Ah ! comptez-vous fléchir mon insensible époux ?

CRANMER.

Je l'ai vu ; j'ai tenté d'appaiser son courroux.
J'ai tenté : trop heureux si mon récit fidele
Pouvait d'un plein succès vous donner la nouvelle !
Mais il m'a refusé... sans lasser mon espoir.
Que dis-je ? votre époux consent à vous revoir.
J'assiégerai ses pas. Vous aussi, vous, madame,
Tâchez par vos discours de ramener son ame :
Montrez-lui, sur un front plus soumis qu'abattu,
La tranquille douleur qui sied à la vertu.

BOULEN.

Vous me rendez, Cranmer, un rayon d'espérance ;
Et j'en avais besoin.

CRANMER.

            Je le vois qui s'avance.

Au nom de tout l'état, songez à l'attendrir.
Adieu.

    Il sort.

SCENE III.

HENRI, BOULEN.

HENRI, *à part.*

C'EST elle. Allons... Combien je vais souffrir !

BOULEN, *à part,*

Son aspect me consterne. A quoi dois-je m'attendre?

HENRI, *toujours à part.*

Mais n'importe ; il le faut : j'ai promis de l'entendre.

BOULEN, *encore à part.*

Daigne-t-il seulement jeter les yeux sur moi?

HENRI.

Vous avez souhaité de revoir votre roi,
Madame.

BOULEN.

Juste ciel! quel effrayant langage !

HENRI.

Eh quoi ! ce nom sacré vous parait un outrage?

BOULEN.

Sire, entre nous jadis il fut des noms plus doux.

HENRI.

Je ne dois plus porter le nom de votre époux.

15.

BOULEN.

L'hymen à votre sort m'a donc en vain liée ?
Présente à vos regards, je suis donc oubliée ?

HENRI.

Ne parlez plus des nœuds que vous avez brisés ,
Ne vous souvenez plus de mes feux méprisés.

BOULEN.

J'ai méprisé vos feux ? vous ne pouvez le croire.

HENRI.

Oui , vous avez trahi vos serments, votre gloire.

BOULEN.

Si j'ai pu vous déplaire, ordonnez mon trépas ;
Mais en m'ôtant le jour ne me flétrissez pas :
Contentez-vous du sort où vous m'avez réduite.

HENRI.

Ainsi donc c'est à moi d'excuser ma conduite !
Vous m'étonnez.

BOULEN.

Daignez me l'expliquer au moins.

HENRI.

Mes bienfaits envers vous manquent-ils de témoins ?

BOULEN.

Ils vivent dans mon cœur , malgré votre colere.

HENRI.

Et ce cœur a brûlé d'un amour adultere !
Et l'objet de mon choix , oubliant sa fierté ,
A de notre union souillé la pureté !

BOULEN.

Moi !

HENRI.

Bien plus (j'en rougis, et pour mon diadème ,
Et pour votre complice , et sur-tout pour vous-même) :
La nature et l'hymen, à-la-fois outragés,
Ont demandé vengeance.... et ne sont point vengés.
Mais il faut mettre un terme à tant d'ignominie.

BOULEN.

Ah ! ces cris de la rage et de la calomnie
N'ont pu vous ébranler ! Non, sire....

HENRI.

Écoutez-moi.

A ces cris odieux ma cour ajoutait foi.
Si la vérité parle, est-ce à vous de vous plaindre?
Si c'est la calomnie, est-ce à vous de la craindre ?
Il est temps que les lois se déclarent pour vous,
Et que votre innocence éclate aux yeux de tous.

BOULEN.

Eh ! de quels magistrats dépend ma destinée !
L'intérêt dans leur cœur m'a déja condamnée.
C'est vous qui m'accusez ; et je vois vos flatteurs
Juges tout à-la-fois et calomniateurs ;
Je vois des courtisans vendus au rang suprème ,
Choisis dans ce palais, et choisis par vous-même.

HENRI.

Non ; ceux que j'ai chargés d'interpréter les lois,
Madame, en aucun temps n'ont pu vendre leur voix.

Ne les outragez plus ; ce discours qui m'offense,
Bien loin de vous servir, nuit à votre défense.

BOULEN.

Vous offenser ! qui ? moi ! Pouvez-vous le penser ?
Et défendre mes jours est-ce vous offenser ?

HENRI.

Dieu seul lit aisément dans le cœur des coupables ;
Mais de vous opprimer les lois sont incapables.
Aux droits de l'équité vos juges sont soumis ;
Pourquoi les soupçonner ? sont-ils vos ennemis ?
Pourraient-ils, voudraient-ils condamner l'innocence ?
L'un d'eux vous est, madame, uni par la naissance.
Ayez moins de frayeur.

BOULEN.

Eh quoi ! vous me quittez !

HENRI.

Vous devez maintenant savoir mes volontés.
Que voulez-vous encor ?

BOULEN.

J'ai tout dit. Mais vous, sire,
Consultez votre cœur ; n'a-t-il rien à me dire ?
Vous gardez le silence ! interrogez ces lieux ;
Quel spectacle jadis ils offraient à mes yeux !
Ici de votre cour et du peuple entourée,
Ici de vos sujets, de vous-même adorée
(Ce souvenir m'est cher ; ne me l'enviez pas),
Ici, parmi les fleurs qu'on semait sur nos pas,
Au milieu des concerts et des cris d'alégresse,

Près de vous , et le cœur plein de votre tendresse ,
Je courais à l'autel vous nommer mon époux.

HENRI.

Ah ! tout est bien changé.

BOULEN.

Rien n'est changé que vous.

HENRI.

Osez-vous !....

BOULEN.

Trop long-temps j'ai gardé le silence :
Le poids qui m'accablait tombe avec violence.
Que vous avais-je fait pour tant de cruauté ?
Que ne me laissiez-vous dans mon obscurité ?
Pourquoi m'appeliez-vous sur ce trône perfide ?
Pourquoi m'entraîniez-vous en un piège homicide ?
Je vivais ignorée , et de mes humbles jours
Nul souci jusques-là n'avoit troublé le cours :
Je n'étais point esclave , insultée , opprimée ;
J'étais heureuse enfin : mais vous m'avez aimée.
Tout-à-coup enchaînée à ma triste grandeur ,
Captive , et malheureuse , hélas ! avec splendeur ,
J'ai vu mes jours marqués d'éternelles alarmes ;
Souvent au sein des nuits j'ai répandu des larmes :
Des ennemis secrets ont assiégé mes pas :
J'ai trouvé les chagrins , les fers , et le trépas.
Quel trépas , juste ciel ! Ah ! cette horrible idée
Fait frémir à vos yeux mon ame intimidée.
Ecoutez ma défense , ô mon maître ! ô mon roi !

Vos regards ont daigné descendre jusqu'à moi :
Vous m'aimiez autrefois, vous m'avez couronnée :
Me croyez-vous coupable, et suis-je condamnée ?
Si dans ces jours d'éclat je n'ai point mérité
Ce haut degré de gloire et de prospérité,
J'en atteste le ciel, et mon cœur, et vous-même,
Et j'en atteste encor ce sacré diadème
Que vos bontés jadis attachaient sur mon front ;
Je n'ai pas un instant mérité mon affront.
Songez, Sire, songez qu'à vous seule asservie,
Je vous ai consacré mon amour et ma vie ;
Que, du jour où j'ai pu vous nommer mon époux,
Je n'ai jusqu'à ce jour respiré que pour vous.
La couronne, un palais, n'ont rien que je regrette :
Je n'ai point oublié que je naquis sujette.
Reprenez ma grandeur, vos bienfaits, votre amour :
Vous n'avez pas besoin de me ravir le jour.
Ah ! je saurais mourir ; mais, hélas ! je suis mere ;
Mais je laisse une fille, et vous êtes son pere ;
Ou plutôt maintenant ma fille n'en a plus ;
Au fond de votre cœur tous ses droits sont perdus :
Ma fille est sans appui ; moi seule je lui reste,
Et je sens que ma mort lui serait trop funeste.
Faudra-t-il que ses yeux, errans dans ce palais,
Cherchent toujours mes yeux sans les trouver jamais ?
Que sa voix innocente et jamais entendue,
Appelle en vain sa mere au tombeau descendue ?
Non ; c'est trop de rigueur. Nous quitterons ces lieux ;

Vous ne reverrez plus des objets odieux :
Nos deux noms inconnus périront sur la terre ;
Loin de vous, loin d'ici, bien loin de l'Angleterre,
En quelque autre écarté je puis m'ensevelir :
La misere et l'exil ne me font point pâlir ;
Dans les bois, dans les flancs d'un rocher solitaire,
J'irai, j'irai cacher et la fille et la mere.

HENRI, (*à part.*)

Je succombe.... Ah ! Seimour !

BOULEN.

J'embrasse vos genoux.

HENRI.

Arrêtez.

BOULEN.

Dois-je encore espérer ?...

HENRI.

Levez-vous.

Mon cœur voudrait, madame, exaucer vos prieres ;
Mais souvent un monarque a des devoirs séveres.
D'ailleurs à mes bontés faut-il avoir recours
Quand les juges n'ont point prononcé sur vos jours ?
Je ne puis deviner leur sentence suprême :
Attendez-la du moins ; je l'attendrai moi-même.
Je lui dois obéir : vous savez que les lois
Sont l'organe du ciel et commandent aux rois.
Puissiez-vous désarmer un tribunal sévere !
A ma fille... à la vôtre allez montrer sa mere.
Adieu.

SCENE IV.

BOULEN, HENRI, NORFOLK.

BOULEN.

Je sors. Et vous, témoin de ma douleur,
Vous avez autrefois partagé ma grandeur :
J'ouvrais à vos conseils une oreille docile.
Vous rendiez grace alors à ma bonté facile ;
Mais la fortune change, il faut subir sa loi :
C'est à moi de prier pour mon frere et pour moi.
Vous, ne rejetez point votre triste famille ;
Songez à votre sœur, et contemplez sa fille ;
Sa fille, qui, perdant les bontés d'un époux,
N'a d'ami, de soutien, de protecteur que vous.

NORFOLK.

Je suis juge, madame, et l'équité m'enchaîne ;
Mon cœur ne connaît plus l'amitié ni la haine.

BOULEN.

Hélas !

Elle sort.

SCENE V.

NORFOLK, HENRI.

HENRI, *préoccupé et regardant sortir Boulen.*

   à part.   *à Norfolk.*

Qu'ELLE est à plaindre! Eh bien, qu'a dit Norris?

NORFOLK.

De mes ordres d'abord il a paru surpris.

HENRI.

Je le crois ; mais enfin servira-t-il ma haine?

NORFOLK.

Il voudrait seulement parler devant la reine.

HENRI.

J'y consens ; devant elle : il remplit mes souhaits.

NORFOLK.

Il voudrait sous vos yeux confondre les forfaits.

HENRI.

Il me délivrera d'un fardeau qui m'accable :
Dès que je vis Seimour, Boulen devint coupable.
Elle usurpe en ces lieux la place de Seimour ;
Ses pleurs, et mes bienfaits, et mon premier amour,
Tout ne fait qu'irriter ma passion nouvelle :
Le nœud qui nous unit me révolte contre elle.
Vous devez la juger. Écoutez. Vos amis,
Arundel, Exéter....

  1.   16

NORFOLK.

Sont des sujets soumis.

HENRI.

Vous me répondez d'eux?

NORFOLK.

Ma voix sait les conduire.

HENRI, *après un moment de silence.*

Je veux dans ce moment les voir et les instruire.

NORFOLK.

Fiez-vous à mes soins; j'ai parlé : c'est assez.

HENRI.

Je veux les voir, vous dis-je : allez, obéissez.
Dans mon appartement je vais tous vous attendre,
Tous les juges, Norfolk. Là vous pourrez m'entendre;
Vous saurez mes desseins; et , sans me résister,
Vous retiendrez l'arrêt que je vais vous dicter.

Fin du second acte.

ACTE III.

SCENE PREMIERE.

BOULEN, CRANMER.

CRANMER.

L'ENTRETIEN d'un époux redouble vos alarmes !
Est-il vrai qu'il ait pu résister à vos larmes ?
Seul auteur de vos maux , les aurait-il aigris ?

BOULEN.

Ah c'est vous ! Laissez-moi reprendre mes esprits.

CRANMER.

Madame , expliquez-moi ce trouble inconcevable ;
Parlez.

BOULEN.

Je viens de voir cet époux redoutable,
Ou plutôt ce tyran : sans dépit , sans remord,
Il semble d'un œil calme envisager ma mort.
Le croirez-vous , Pontife? il souffrait à m'entendre.
A le fléchir enfin ne pouvant plus prétendre ,
Dans mes plus chers parents trouvant des ennemis ,
J'allais revoir ma fille ; on me l'avait permis.

Dans ces lieux , où jadis avec tant de constance
Les flots d'adulateurs assiégeaient ma présence,
Je marche lentement, seule, et les yeux baissés,
Parmi des courtisans à me fuir empressés.
J'arrive. Quelle image et fatale et touchante !
Les bras tendus vers moi ma fille se présente ;
Ma fille ! elle a volé sur mes genoux tremblants ;
Mais avec tant de joie et des cris si touchants !
Elle me caressait et me faisait entendre
Les sons délicieux de sa voix faible et tendre.
« Ma mere, disait-elle, enfin je te revoi.
« Ah ! voilà trop long-temps que je suis loin de toi!
« J'ai bien pleuré ». Ces mots, ce ton plein d'innocence
Cette douce candeur, ces charmes de l'enfance,
Rien n'a pu dans mon cœur ramener le repos :
Je n'ai pour lui parler trouvé que des sanglots.
Que l'hymen est puissant ! que ses nœuds sont augustes
Mon époux m'a livrée à des lois trop injustes:
Mais quand Élisabeth paraît devant mes yeux,
Cet époux si cruel ne m'est plus odieux.
Je regardais ma fille, et je nommais son pere :
Souvent je la pressais sur le sein de sa mere ;
Souvent je l'embrassais en l'arrosant de pleurs.
Plus sombre , et sans la voir, songeant à mes malheurs
Avec un long soupir, interdite, égarée,
J'ai quitté cette chambre, et suis soudain rentrée ;
Et, prenant tout-à-coup ma fille entre mes bras,

Vers le lit nuptial je m'avance à grands pas :
Je l'observe, et mes yeux de larmes s'obscurcissent ;
Mes genoux affaiblis sous moi s'appesantissent ;
Tout ce qui m'environne augmente ma terreur.
A l'instant, malgré moi, je pousse un cri d'horreur :
Hélas ! de ma raison j'avais perdu l'usage.
Je sors ; Elisabeth, courant sur mon passage,
En vain pour m'arrêter saisit mes vêtements :
Je fuis, je me dérobe à ses embrassements ;
Je fuis, pâle, tremblante, et presque inanimée,
Traînant le noir chagrin dont je suis consumée :
Craignant de rencontrer ces funestes objets,
Loin d'eux quelques moments je viens chercher la paix ;
Je ne puis la trouver dans cette ame abattue :
Toujours Elisabeth est présente à ma vue.
Insupportable poids de tant d'adversité !
Vains serments, nœuds cruels ! triste fécondité !
Que n'as-tu, Dieu puissant, tranché ma destinée
Le jour, le jour affreux où je fus couronnée !

SCENE II.

BOULEN, SEIMOUR, CRANMER,
COURTISANS.

SEIMOUR.

LA voici.

BOULEN.

Ciel! fuyons.

SEIMOUR.

Où portez-vous vos pas?

BOULEN.

Loin de vos yeux, madame.

SEIMOUR.

Ah! ne me craignez pas.

BOULEN.

Cessez, épargnez-moi cette pitié cruelle.

SEIMOUR.

Un moment sans témoins qu'on me laisse auprès d'elle.
Je plains le cœur superbe au sein de la grandeur;
Il n'aura point d'amis dans les jours du malheur.
Elle souffre; aux mortels la douleur est commune:
Laissez-moi consoler son auguste infortune.

Les courtisans sortent.

SCENE III.

BOULEN, SEIMOUR, CRANMER.

BOULEN.

Quel étrange discours ! L'ai-je bien entendu ?

SEIMOUR.

Demeurez, vous, Cranmer, qui n'êtes point vendu.

BOULEN.

Est-ce vous qui parlez ?

SEIMOUR.

C'est moi qui vous respecte.

CRANMER, à Boulen.

Madame, ah ! que sa voix ne vous soit point suspecte.

BOULEN.

Amis, parents, époux, quand tout m'ose outrager,
C'est ma rivale, ô ciel ! qui vient me protéger !

SEIMOUR.

Non, je ne la suis point ; je suis votre sujette.

BOULEN.

Dans quel étonnement son langage me jette !

SEIMOUR.

Le temps est précieux, madame, écoutez-moi :
De son appartement j'ai vu sortir le roi ;
Vos juges le suivaient : rien ne transpire encore ;

Mais de jours plus sereins j'ose entrevoir l'aurore :
Du moins , en terminant cet entretien secret ,
Il marchait vers ces lieux d'un regard satisfait.
Près de vous , avec vous , je veux ici l'attendre.
L'impure calomnie en vain se fait entendre ;
Ses clameurs , trop souvent plus fortes que les lois ,
Ne pourront subjuguer ni mon cœur , ni ma voix :
Le bonheur que je veux n'est pas dans la puissance ;
Il est dans vos bontés et dans ma conscience ;
Ma grandeur... c'est la vôtre. Ah ! vivons désormais ,
Vous pour régner encor et verser des bienfaits ,
Le roi pour oublier quelques moments d'ivresse ,
Pour rendre à vos vertus sa première tendresse ,
L'indigent pour vous voir et cesser de gémir ,
Et moi pour vous aimer , vous plaire et vous servir.

BOULEN.

Hélas ! à chaque instant , sur la moindre apparence ,
Un cœur infortuné resaisit l'espérance.
Je vous jugeais bien mal : me le pardonnez-vous ?
Mais ne différons plus ; courons vers mon époux.

S C E N E   I V.

HENRI, BOULEN, SEIMOUR, CRANMER;
NORFOLK, courtisans, pages, gardes.

HENRI, *bas à Norfolk.*

Norris a tout promis ; c'est l'instant favorable.

BOULEN, *à Henri.*

Vous avez eu pitié de mon sort déplorable.
Mes juges à vos yeux...

HENRI.

Oui, je viens de les voir.
Vous embrassez, madame, un trop crédule espoir.

BOULEN.

Et que m'annoncez-vous ?

HENRI.

Que tout vous est contraire.
On n'a point, il est vrai, l'aveu de votre frere.
Les autres accusés...

BOULEN.

O ciel ! que dites-vous ?
Les autres...

HENRI.

C'en est fait ; ils vous accusent tous.

BOULEN.

Quoi ! je suis innocente, et par eux accusée !

HENRI.

La vérité par eux fut long-temps déguisée ;
Mais le fatal secret, madame, est révélé.

BOULEN.

Norris a pu..!

HENRI.

Norris n'a pas encor parlé.
Vous justifierait-il ? osez-vous y prétendre ?
Eh bien, dans ce moment je suis prêt à l'entendre.
à un garde.
Vous, courez à la tour ; amenez-moi Norris.

BOULEN.

Grand dieu !

HENRI.

Vous pâlissez ! Rappelez vos esprits.
Cet ordre vous surprend !

BOULEN.

Rien ne peut me surprendre ;
Je connais mon époux, et je dois vous comprendre.
Un jour sans doute, un jour... du moins vous rougirez
De l'horrible destin que vous me préparez.
Malheur à qui peut tout ! il peut vouloir un crime.
Mais un infortuné que la puissance opprime,
A de quoi raffermir son courage abattu :
Il est un tribunal qui venge la vertu ;
L'univers est soumis à ses lois redoutables :
L'innocent, condamné par des juges coupables,
Sous leur indigne arrêt tombant désespéré,

Va soulever contre eux ce tribunal sacré.

Il meurt comblé de gloire au sein de l'infamie :

Il meurt ; et l'échafaud qui voit trancher sa vie ,

Le courant tout-à-coup d'un éclat immortel ,

Rend son nom plus auguste , et devient un autel.

C'est le sort que j'attends. En vain calomniée ,

Dans le fond de mon cœur je suis justifiée.

Ce cœur est devant vous prêt à se découvrir ,

Et je puis me louer , puisque je vais mourir.

Je me rendrai justice : elle m'est refusée.

J'avouerai cependant qu'autrefois abusée ,

M'occupant de vous seul , et cruelle par vous ,

Bien plus que sa grandeur adorant mon époux ,

Séduite par l'amour , j'ai vu d'un œil paisible

Couler les pleurs amers d'une reine sensible :

Vous m'en voyez répandre à ce seul souvenir.

Je fus coupable. Hélas ! deviez-vous m'en punir ?

Mais , depuis ce moment où le saint hyménée

Au destin de mon maître a joint ma destinée ,

J'ai long-temps sur vos jours versé quelque douceur :

Mere , mere trop tendre , et vertueuse sœur ,

Épouse irréprochable , et reine bienfaisante ,

Sire , ma vie entiere à vos yeux est présente ;

La vertu , le devoir , ont marqué tous mes pas...

Vous pouvez maintenant prononcer mon trépas.

HENRI.

A la vertu , madame , accorder un refuge ,

C'est le plus bel emploi d'un monarque et d'un juge :

Mais quand tout vous accuse, ai-je lieu de douter?
Est-ce vous seule enfin que l'on doit écouter?
D'autres ont avoué votre commune offense;
Nous verrons si Norris prendra votre défense:
Norris peut nous donner des éclaircissements.
Il vient.

SCENE V.

CRANMER, BOULEN, NORRIS, HENRI, NORFOLK, SEIMOUR, COURTISANS, PAGES, GARDES.

NORRIS.

Je me rends, sire, à vos commandements.
Dans ces lieux redoutés vous m'avez fait conduire.

HENRI.

Oui: j'ai voulu te voir, et tu peux nous instruire.
Rassure-toi, Norris; parle sans te troubler.

NORRIS.

Vous me connaissez mal; je ne saurais trembler.

HENRI.

Ne me déguise rien.

NORRIS.

J'y consens, je le jure.
Ma bouche a de tout temps ignoré l'imposture.

HENRI.

Va, je ne doute point de ta sincérité;

Ton maître de ta bouche attend la vérité.

NORRIS.

Au serment que j'ai fait mon cœur sera fidele.

HENRI.

Tu vois la reine; il faut t'expliquer devant elle.

NORRIS.

Sa présence n'a rien qui me puisse arrêter;
Et, je dirai bien plus, j'ai dû la souhaiter.
Je déteste le crime, et je vais le confondre.

BOULEN.

Grand dieu!

HENRI.

Je suis content; mais songe à me répondre.
Parle; est-elle coupable?

BOULEN, à Norris.

Osez-vous m'accuser?
Cruel! de mon malheur pouvez-vous abuser?
Ah! mes persécuteurs n'ont que trop de puissance.

HENRI.

Madame!

BOULEN, à Norris.

Au nom d'un dieu vengeur de l'innocence,
D'un dieu qui nous rassemble, et qui dans ce moment
A du haut de son trône entendu ton serment,
Par le sein qui jadis a nourri ton enfance,
Tu peux encor, tu dois embrasser ma défense.
Si ma faiblesse en toi trouve un accusateur,
Ton cœur m'en est témoin, tu n'es qu'un imposteur.

1.   17.

NORFOLK.

L'innocence est toujours calme et sans violence.

HENRI.

Contenez-vous, madame, et gardez le silence.

SEIMOUR.

Ah! sire, ayez pitié de ses cris douloureux,
Et permettez du moins la plainte aux malheureux.

NORRIS.

Reine, jusqu'à la fin tâchez de vous contraindre.

CRANMER, à *Norris*.

Respectez son malheur.

NORRIS.

Vous paraissez la plaindre!

Ah! je ne croyais point que la reine aujourd'hui
Auprès de son époux conservât quelque appui.

HENRI.

Il n'importe; instruis-nous: c'est trop long-temps attendre.

NORRIS.

Je vous obéis, sire, et vous allez m'entendre.
Il est des cœurs pervers que je vais affliger;
Mais le mien désormais ne doit rien ménager.
Voici la vérité simple et sans indulgence.
Par le sein qui jadis a nourri mon enfance,
Par le dieu qu'on atteste, et qui dans ce moment
A du haut de son trône entendu mon serment,
Par son équité sainte, inflexible et puissante,
La reine...

HENRI.

Eh bien!

NORFOLK.

Parlez.

NORRIS.

La reine est innocente.

TOUS LES PERSONNAGES, *excepté* NORRIS.

Ciel!

NORRIS, *à la reine.*

Suis-je un imposteur?

NORFOLK, *à part.*

Se peut-il?..

HENRI, *à part.*

Je frémis.

bas à Norfolk.

Sont-ce là les discours que vous m'aviez promis?

NORFOLK.

Tu nous trompes, Norris.

BOULEN.

Vous penseriez!..

HENRI.

Oui, traître;

Et tu seras puni d'oser braver ton maître.

NORRIS.

J'ai dit la vérité: je suis prêt à mourir.

J'ai mérité mon sort, car j'ai pu te chérir:

J'ai vu ramper ta cour, et j'ai rampé moi-même.

Je touche avec plaisir à ce moment suprême

Où finit la puissance, où naît l'égalité,
Où l'homme assujetti reprend sa liberté.
Malgré toi, devant toi, j'honore ta victime ;
Je rends à ses vertus un tribut légitime :
Toi seul es criminel, toi qui proscris ses jours,
Toi dont le cœur est plein de fraude et de détours ;
Toi qui dans ma prison m'as fait offrir la vie
Si je voulais contre elle aider ta barbarie.

> *montrant Norfolk.*

Ce méchant, de ta part, a pu me proposer
De conserver le jour en osant l'accuser.
A vos coupables vœux si j'ai semblé répondre,
Tous deux avant ma mort je voulais vous confondre.
Agent fidèle, et toi, roi féroce et jaloux,
Vous vous trompiez tous deux ; vous me jugiez par vous ;
Vous ne pouviez compter sur un cœur magnanime.
Tout pâlit, tout se tait, au récit de leur crime !
Roi, tu pâlis toi-même et tu baisses les yeux !

> HENRI.

Les bourreaux vont punir ton mensonge odieux.

> NORRIS.

J'oserai sous leurs coups braver ta tyrannie.
Moi, racheter mes jours par une calomnie !
La vie est-elle un bien quand on vit sous ta loi ?
Norfolk, instruisez-vous ; je fus l'ami d'un roi.

> HENRI.

Penses-tu qu'à mes yeux tes outrages l'excusent ?
Réponds : que diras-tu ? Tes complices l'accusent.

Que diras-tu? Norfolk les a tous entendus.

NORRIS.

Je ne dirai qu'un mot, c'est qu'ils te sont vendus.

Que je vous plains, madame! Ah! vos juges sinistres

Seront de sa fureur les plus zélés ministres:

Ils vont de notre sang acheter ses bienfaits:

Vous aurez, s'il le faut, commis tous ses forfaits.

On vous ose imputer l'inceste et l'adultere:

Si le ciel n'eût fini les jours de votre père,

Vous seriez parricide, et, pour vous condamner,

Ce roi juste et clément l'eût fait assassiner.

HENRI, aux gardes.

Avant de décider du sort de sa complice,

Allez, et qu'à l'instant on le livre au supplice.

NORRIS.

Ah! je respire enfin. Tu combles mon espoir.

HENRI.

Quoi! perfide!...

NORRIS.

Est-il prêt? Je suis las de te voir.

HENRI.

Va, cours dans les tourments finir ta destinée.

NORRIS.

Adieu donc, roi coupable, et reine infortunée

A qui le ciel devait de plus heureux destins:

Voilà comme un tyran gouverne les humains.

    Il sort.

17.

SCENE VI.

CRANMER, BOULEN, HENRI, NORFOLK,
SEIMOUR, GARDES.

HENRI.

JE suis encor frappé de cette audace extrême.
Oublier le respect qu'on doit au diadême!
Tromper, désobéir, s'élever contre moi!
Les sujets sont toujours ennemis de leur roi.
Jusqu'à quand luttera leur insolent génie
Contre un pouvoir sacré qu'ils nomment tyrannie?
C'est de Dieu, de Dieu seul que je tiens ce pouvoir:
Commander est mon droit, servir est leur devoir.

SEIMOUR.

Gardez-vous de punir un sentiment sublime;
Même en vous insultant, Norris est magnanime:
Ce courage héroïque est-il d'un criminel?
Vous avez entendu son aveu solemnel;
Oubliez votre injure, et soyez équitable;
Abjurez un amour qui vous rendrait coupable;
Qu'une épouse innocente...

HENRI.

Et vous, madame, aussi!
Tout prétend m'offenser! Tout me trahit ici!
Ah! ne vous joignez point, madame, à ces perfides,
   en regardant Boulen.
Qui bientôt... Viens, Norfolk.
   Henri sort avec Norfolk.

SCENE VII.

CRANMER, BOULEN, SEIMOUR, GARDES.

BOULEN.

OUI; tes yeux homicides
Prononcent mon arrêt, que j'entends sans effroi :
La honte qui t'accable est un crime pour moi.

SEIMOUR.

Je vous laisse; et dût-il m'accabler de sa haine....

SCENE VIII.

CRANMER, NORFOLK, BOULEN,
SEIMOUR, GARDES.

NORFOLK.

GARDES, dans sa prison reconduisez la reine.

BOULEN.

Vous l'entendez !

NORFOLK.

Telle est la volonté du roi.

BOULEN.

Il daigne vous charger d'un glorieux emploi.

NORFOLK.

Je lui dois obéir.

BOULEN.

J'admire votre zele ;
Et vous vous conduisez en esclave fidele.

NORFOLK.

Madame, à votre juge osez-vous insulter ?

BOULEN.

Toi, mon juge, barbare ! Il est temps d'éclater.

NORFOLK.

Comment !

BOULEN.

Ne souille plus ce nom si respectable.
Un juge est des forfaits le vengeur équitable ;
De la faible innocence il est le protecteur :
Et tu dois la juger, toi, son persécuteur !

NORFOLK.

Craignez. . . .

BOULEN.

Je ne crains rien, et j'attends mon supplice.

SEIMOUR.

Le roi ne peut vouloir cette horrible injustice.

CRANMER.

Courons à l'instant même embrasser ses genoux.

BOULEN.

Pontife, et vous, madame, hélas ! qu'espérez-vous ?
Vous pleurez ! la pitié touchante et généreuse
Rend aux infortunés la mort moins douloureuse :
Mais gardez ces bontés pour une autre que moi ;
Protégez tous les deux ma fille auprès du roi,

Ma chere Elisabeth, et mon malheureux frere,
Et tous les accusés unis à ma misere.
Vous, qui me succédez, consolez mes sujets.

   à Norfolk.

Toi, qui d'un prix si lâche as payé mes bienfaits,
Va, le ciel remplira ma derniere espérance :
J'ose, en quittant ces lieux, t'annoncer sa vengeance.
Aux mains des oppresseurs s'il me livre aujourd'hui,
Va, mes derniers soupirs monteront jusqu'à lui.
Le ciel prête aux mourants des accents prophétiques,
Et je connais du roi les dégoûts despotiques.
Tu gémiras un jour sous le poids des revers :
Il sera mon vengeur ; tu porteras des fers :
Sois sûr que ses décrets, une fois légitimes,
Te placeront toi-même au rang de ses victimes :
Des juges tels que toi, dans la cour avilis,
Dresseront de leurs mains l'échafaud de ton fils.
Tu songeras alors à ta niece mourante ;
Tu la verras sans cesse à tes côtés errante ;
Et, si tu ne meurs point sous le glaive des lois,
Déchiré de remords, plus malheureux cent fois,
Blanchi dans l'esclavage et dans l'ignominie,
Sans fils, sans héritier, tu maudiras ta vie ;
Tu traîneras des jours pleins de deuil et d'effroi ;
Et le sang innocent retombera sur toi.

   Fin du troisieme acte.

ACTE IV.

SCENE PREMIERE.

BOULEN, *seule.*

Dans l'horreur des cachots me voilà replongée!
Du vil poids de ces fers je suis encor chargée!
Loin de tout l'univers, sans amis, sans secours;
J'attends le coup fatal qui doit trancher mes jours;
D'une si longue mort l'amertume est affreuse.
J'ai vécu sur le trône : étais-je plus heureuse?
Non. Le bandeau royal, témoin de mes douleurs,
Fut souvent en secret arrosé de mes pleurs;
J'ai souvent détesté ma grandeur importune,
Et je n'ai fait encor que changer d'infortune.
Sous des cieux plus sereins, hélas! en d'autres lieux,
J'ai vu pourtant couler des jours moins odieux.
Oh! qui me les rendra, ces jours de mon enfance?
Roi, peuple fortuné, doux climat de la France,
Pour ce sanglant rivage, où j'ai reçu le jour,
Devais-je abandonner ton aimable séjour?
Devais-je, en m'éloignant de ta rive chérie,
Chercher tant de malheurs au sein de ma patrie?
Ah! peut-être ma mort obtiendra des regrets:

J'ai mérité, je crois, l'amour de mes sujets.
Mais que deviendras-tu, ma fille infortunée ?
Je crois la voir, hélas ! qui seule, abandonnée,
Devenant pour son pere un objet odieux,
Essuyant les affronts, n'ayant devant les yeux
Que mon injuste honte et sa mere sanglante. . . .
Ma fille ! ah ! loin de moi cette idée accablante !
Barbares, avancez l'instant de mon trépas ;
Frappez. . . . J'entends du bruit : on porte ici ses pas.

SCENE II.

BOULEN, CRANMER.

BOULEN.

CRANMER en ma prison ! quel sujet vous amene ?

CRANMER.

L'ordre du roi, madame.

BOULEN.

Et qu'ordonne sa haine ?

CRANMER.

Il a signé l'arrêt des ministres des lois.

BOULEN.

Quel est-il ?

CRANMER.

C'en est fait ; leur criminelle voix
A prononcé. . . .

BOULEN.

Ma mort.

CRANMER.

Ô barbare sentence !

BOULEN.

Je l'attendais, Cranmer, avec impatience.
Mais sans doute mon frere est aussi condamné ?

CRANMER.

Hélas !

BOULEN.

Expliquez-vous.

CRANMER.

Ce frere infortuné,
Si digne de nos pleurs et de votre tendresse. . . .

BOULEN.

Achevez.

CRANMER.

Il n'est plus.

BOULEN.

Je reprends ma faiblesse.

CRANMER.

Condamnés comme vous par un même décret,
Les autres accusés ont subi leur arrêt;
Par un trépas honteux leur vie est terminée.

BOULEN.

C'est moi qui les immole ! Étrange destinée !
Complot vil et barbare ! inutile fureur !

Mon frere, il ne fallait égorger que ta sœur.
Il n'est plus, le soutien du sang qui m'a fait naître!
A ses derniers soupirs il me nommait peut-être.
Et je n'ai pu l'entendre et répondre à sa voix!
Je n'ai pu l'embrasser pour la derniere fois!
Reçois du moins ces pleurs; qu'ils consolent ta cendre:
Mon frere, auprés de toi mon ombre va descendre.
Vous, sujets vertueux, dignes d'un sort plus beau,
Vous, que mon amitié précipite au tombeau,
Qui subissez pour moi la honte et les supplices,
Vous, de mon innocence infortunés complices,
Parmi tant de malheurs il m'eût été bien doux
D'ignorer votre sort, d'expirer avant vous.

CRANMER.

Ceux de qui la faiblesse un moment abusée,
Pour conserver le jour vous avaient accusée,
Ont, én se rétractant, reçu le coup mortel:
Oui, de votre innocence ils attestaient le ciel;
Tous vous rendaient justice.

BOULEN.

Ah! celui qui m'accable
Dans le fond de son cœur ne me croit point coupable.

CRANMER.

J'allais, vous le savez, tomber aux pieds du roi;
Votre Seimour en pleurs devait se joindre à moi:
Mais, tandis qu'à nos yeux il se rend invisible,
C'est moi qui vous annonce un arrêt inflexible!

I.   18

Le cruel me gardait ce ministere affreux.

BOULEN.

Vous n'avez pu le voir?

CRANMER.

Un ordre rigoureux

De son appartement nous interdit l'entrée :
A vos persécuteurs son oreille est livrée ,
Et de vos défenseurs il évite les pas.

BOULEN.

Le pere de ma fille a signé mon trépas !
Mais vous me l'annoncez ; mais je vous vois encore.

CRANMER.

Vous me percez le cœur.

BOULEN, après un silence.

Souvenir que j'abhorre !

Prévenant les souhaits de mon barbare époux,
Supportant ses froideurs , ses caprices jaloux,
Dans ces profonds ennuis nés du pouvoir suprème,
Lorsque sa cruauté , le tourmentant lui-même ,
Étendait sur son front le voile des douleurs;
Plus triste , plus à plaindre , et dévorant mes pleurs,
Moi, souvent près de lui son esclave tremblante,
Je lui faisais entendre une voix consolante.
Vœux, soins, respect, amour, il a tout oublié.
J'aurais dû le prévoir ; les rois sont sans pitié:
Ils ont reçu du ciel un rang qui les dispense
De vertu , de tendresse et de reconnoissance.
Il valait mieux sans doute , au pied de nos autels,

Recevoir les serments du dernier des mortels :
Il n'eût point dans son cours interrompu ma vie ;
Et , si l'arrêt du sort me l'eût sitôt ravie ,
Sa présence eût au moins attendri nos adieux ,
Et la main d'un époux m'aurait fermé les yeux.
Vous voyez cet abyme où je suis descendue :
C'est un roi qui m'aimait ; c'est lui qui m'a perdue ;
C'est lui qui maintenant se plaît à m'accabler.
Mais c'est trop peu ; sa rage ose encore immoler
Des sujets innocents , mes amis , ma famille. . . .
Si je pouvais au moins voir un instant ma fille !

CRANMER.

Vous la verrez , madame.

BOULEN.

Ah ! que m'annoncez-vous ?

CRANMER.

Le roi. . . .

BOULEN.

Ne m'ôtez pas un espoir aussi doux.

CRANMER.

Non ; bientôt la princesse en ce lieu va paraître.

BOULEN.

Ma fille ! est-il bien vrai ? Vous me flattez peut-être ?

CRANMER.

Votre époux y consent.

BOULEN.

Il adoucit mon sort ;
Et je peux à ce prix lui pardonner ma mort.

CRANMER.

Sa mort. . . . tu la permets, ô juste providence!

BOULEN.

De l'accuser, Pontife, aurions-nous l'imprudence?
Religion divine, appui des malheureux,
Prête à mon cœur flétri tes secours généreux :
Ce cœur est accablé par l'injustice humaine ;
Il a besoin d'un Dieu pour supporter sa peine :
La vertu sous le glaive implore son auteur,
Et dans le ciel au moins cherche un consolateur.
Grand Dieu, des opprimés où serait l'espérance,
Quel prix dans le malheur soutiendrait leur constance,
Si notre ame, en quittant ce monde criminel,
Ne trouvait devant soi qu'un néant éternel?
Non ; j'aime à le penser, cette ombre de la vie
D'un jour plus véritable est sans doute suivie ;
Un avenir plus pur se présente à mes yeux :
Les maux sont ici-bas ; les biens sont dans les cieux.
Là disparait enfin l'orgueil du rang suprême ;
Tout renaît en Dieu seul, tout est grand par Dieu même ;
Là, jamais le coupable heureux et couronné
N'écrase l'innocent à ses pieds prosterné.

SCENE III.

BOULEN, ÉLISABETH, CRANMER,
UNE FEMME de la suite d'Élisabeth.

ÉLISABETH.

Quelle nuit !

BOULEN.

Voilà donc cette voix qui m'est chere !

ÉLISABETH.

Où me conduisez-vous ? Je ne vois point ma mere.

BOULEN.

La voici qui t'appelle.

LA PRINCESSE.

Ah ! c'est toi que j'entends !

BOULEN.

Vous pouvez me quitter, Pontife ; il en est temps :
J'embrasse Elisabeth ; mon ame est plus tranquille :
N'exposez point vos jours par un zele inutile.
Mais je voudrais parler à mon second appui :
Allez trouver Seimour ; allez, et dites-lui
Que j'ose en ma prison souhaiter sa présence :
Son cœur ne sera point las de sa bienfaisance ;
J'en juge par le mien.

CRANMER.

Je cours vous obéir :
Mais le roi m'entendra quand je devrais périr ;

18.

Et je pourrai du moins bénir son injustice
S'il permet que je meure avant ma bienfaitrice.

Il sort.

SCENE IV.

BOULEN, ÉLISABETH, UNE FEMME de sa suite.

BOULEN.

JE vais goûter encor quelques moments bien doux :
Embrasse-moi, ma fille, et viens sur mes genoux.

ÉLISABETH.

Ma mere, ce matin comme tu m'as laissée !

BOULEN.

Quel souvenir amer revient à ma pensée !

ÉLISABETH.

Autrefois tu m'aimais, tu ne me quittais pas ;
Souvent durant les nuits je dormais dans tes bras.

BOULEN.

Elle n'aura donc plus une mere auprès d'elle !

ÉLISABETH.

Pendant toute la nuit vainement je t'appelle.

BOULEN.

Ma fille, à chaque mot veux-tu me déchirer ?

ÉLISABETH.

Comme toi maintenant je ne fais que pleurer.

BOULEN.

Combien tous ses discours ont de grace et de charmes !

ÉLISABETH,

Ma mere !...

BOULEN.

Quoi ! sa main veut essuyer mes larmes.

ÉLISABETH.

Mais d'où vient ta douleur ?

BOULEN.

Tu le sauras un jour.

ÉLISABETH.

Ne quitteras-tu point ce triste et noir séjour ?

BOULEN.

J'en sortirai ce soir.

ÉLISABETH.

Ah ! j'en suis bien contente.

BOULEN.

La mort qu'on me prépare est loin de son attente.

ÉLISABETH, *regardant les chaînes de sa mere.*

Ce fer est trop pesant ; il doit blesser tes mains.

BOULEN.

Je subirai bientôt de plus cruels destins.

ÉLISABETH.

Quel est donc le méchant qui peut causer ta peine ?

BOULEN.

Un puissant ennemi m'accable de sa haine ;
Pour prix de ma tendresse, il a proscrit mes jours.

ÉLISABETH.

Eh ! que n'appelles-tu mon pere à ton secours ?

BOULEN.

Son pere !

ÉLISABETH.

Il te chérit ; il viendra te défendre.

BOULEN.

Lui ! tu le crois ?

ÉLISABETH.

Mon pere ! ah ! s'il pouvait m'entendre !
On fait tout ce qu'il veut.

BOULEN.

Oui : je le sais trop bien.

ÉLISABETH.

Allons auprès de lui... Tu ne me réponds rien ?

BOULEN.

Enfant, n'hérite pas du malheur de ta mere :
Sur-tout dans ses rigueurs crains d'imiter ton pere.

SCENE V.

BOULEN, ÉLISABETH, SEIMOUR,
UNE FEMME de la suite d'Élisabeth.

SEIMOUR.

QUEL spectacle touchant se présente à més yeux !

BOULEN.

Ah ! venez ; votre aspect me manquait en ces lieux.

SEIMOUR, *baisant la main de Boulen.*

Reine...

BOULEN.

Que faites vous ?

SEIMOUR.

     Votre douleur me tue.
Le roi, vous le savez, se cache à notre vue;
Mais il m'a fait au moins permettre de vous voir:
Je me rends à vos vœux; je remplis mon devoir.

BOULEN.

Je voudrais vous parler; ordonnez qu'on nous laisse.

SEIMOUR.

C'est moi qui répondrai de la jeune princesse :
Allez.

  La femme de la suite d'Elisabeth sort.

SCENE VI.

ELISABETH, BOULEN, SEIMOUR.

BOULEN.

Daignez encor vous asseoir près de moi.
Ce siége informe et vil vous cause un peu d'effroi ;
Désormais, je le sais, vous ne devez prétendre
Qu'à ce trône pompeux d'où je viens de descendre.
Je suis prête à rejoindre et mon frere et Norris :
Avant que par les lois mes jours fussent proscrits,
M'abreuvant à longs traits d'un poison redoutable,
J'ai connu des grandeurs l'ivresse inévitable :

Elle enchantait mes sens plongés dans le sommeil.
Le songe est achevé; mais quel affreux réveil!
Un trône! un échafaud!

SEIMOUR.

C'est trop de tyrannie...

Loin de moi la couronne.

BOULEN.

Il y va de la vie.

SEIMOUR.

J'en suis lasse.

BOULEN.

Ah! vivez pour tant de malheureux,
Qui n'ont plus d'autre espoir qu'en vos soins généreux.
Vivez pour cet enfant; soulagez sa misère:
Songez qu'Élisabeth a besoin d'une mere.
Je la mets en vos bras; devenez son appui;
Adoptez-la; mon cœur vous la lègue aujourd'hui.
Quand je ne serai plus, quand sa voix gémissante
Prononcera le nom d'une mere innocente,
Alors à ses regards daignez vous présenter,
Daignez du nom de fille un moment la flatter:
Trompez-la, s'il se peut, à force de tendresse,
Et mêlez à vos soins quelque douce caresse.
Ah! je vous parle en mere: un jour vous le serez;
Vos fils en votre cœur lui seront préférés:
Mais ne l'oubliez pas, mais qu'elle vous soit chere;
Mais ne traitez jamais ma fille en étrangere.
Elle ne prétend plus au dangereux honneur

D'un rang, vous le voyez, qui n'est point le bonheur.
Du moins, au nom du ciel qui voit couler nos larmes,
Au nom de ces moments pleins d'horreur et de charmes,
Du moins que mon époux perde mon souvenir;
Qu'il réserve à sa fille un plus doux avenir:
Que son ame plus juste, et par vous attendrie,
Ne lui reproche point le sein qui l'a nourrie.
Trop jeune en ce moment, elle ne conçoit pas
Son malheur, et ma honte, et mon prochain trépas:
A son oreille un jour, dans un âge moins tendre,
L'affreuse vérité viendra se faire entendre.
Vous la consolerez. Dites-lui nos adieux;
Dites que, subissant un arrêt odieux,
Sa mere qui l'aima, sa mere déplorable,
Mourut sur l'échafaud, mais sans être coupable:
Dites-lui que son cœur, fidele à me chérir,
Doit gémir de mon sort, et non pas en rougir.
J'ai vécu; c'en est fait: je meurs abandonnée;
Mais la vertu n'est pas toujours infortunée.
Mon amour vous unit, vous confond toutes deux:
Puisse le ciel, propice au dernier de mes vœux,
Toutes deux vous couvrir de sa main tutélaire!
Puissent vos jours nombreux ignorer sa colere!
Puissent-ils s'écouler avec tranquillité
Dans un bonheur égal à mon adversité!

SCENE VII.

ÉLISABETH, BOULEN, SEIMOUR, LE COMMANDANT DE LA TOUR, GARDES.

LE COMMANDANT.

Madame...

BOULEN.

Injuste mort, ta présence est funeste !
Ma fille, chérissez la mere qui vous reste ;
Mais chérissez toujours, songez à regretter
Celle qui vous fit naître et qui va vous quitter.
Il faut partir. Adieu.

Elle s'éloigne:

ÉLISABETH.

Quoi ! déja tu me laisses!

BOULEN, *revenant à grands pas.*

Reçois, trop chère enfant, mes dernieres caresses.

ÉLISABETH.

Ô ma mere ! où vas-tu?

BOULEN.

Que lui répondre, hélas !

ÉLISABETH.

Reviendras-tu bientôt?

BOULEN.

Je ne reviendrai pas.

SEIMOUR.

Craignez d'exécuter la sentence cruelle,

Vous, soldats, vous, témoins de ma douleur mortelle,
Vous qui la partagez, vous que j'entends gémir....
Mais que dis-je? en pleurant ils voudront obéir.
Reine, de trop d'horreurs je suis environnée.
Mourante plus que vous, plus que vous condamnée,
Je veux auprès du roi précipiter mes pas:
Je vais, je cours à lui, cet enfant dans mes bras.

BOULEN.

Bien loin de le fléchir vous auriez tout à craindre.

SEIMOUR.

A sentir la pitié je saurai le contraindre.

BOULEN.

Ne vous abusez point; tout est fini pour moi.
O ma fille, aujourd'hui je ne vis plus qu'en toi.
C'est mon Élisabeth, c'est mon sang, c'est ma vie;
C'est plus que moi, madame; et je vous la confie.
Je suis prête; marchons. Soldats, séchez vos pleurs:
Qu'est-ce donc que la mort? le terme des malheurs.
Quand je vais expirer sous le pouvoir du crime,
Plaignez un roi bourreau, mais non pas sa victime.
Affermis mon courage, ô clémence d'un Dieu!
Madame... aimez-la bien; c'est votre fille. Adieu.

Fin du quatrieme acte.

ACTE V.

SCENE PREMIERE.

HENRI, PAGES ET GARDES *aux portes du palais.*

Oh! qui pourra calmer ma sombre inquiétude?
J'ai besoin de repos, besoin de solitude.
A mon ordre, à ma voix chacun s'est retiré:
Que dis-je? sur mes pas le remords est entré;
Il me suit, il est là, je le sens qui me presse:
Il combat sans succès ma fatale tendresse.
Je les entends tous deux: Quand elle dit, *Seimour,*
Le remords dit, *Boulen.* Le crime avec l'amour!
Combien je hais Norfolk, mon indigne complice!
Mais j'ai dicté l'arrêt. Boulen marche au supplice!
Malheureux! Dans ton cœur vainement combattu
Le remords n'est qu'un cri stérile et sans vertu:
D'un repentir profond ton ame est ennemie;
Tu veux le fruit du crime et non son infamie.
Allons. De mes tourments l'amour doit me payer:
Moi-même auprès de lui puissé-je m'oublier!
Mais Catherine aux pleurs, à l'exil condamnée,
Mais Boulen, plus chérie et plus infortunée,
Je les rejette en vain loin de mon souvenir;

Je ne pourrai tromper ni moi ni l'avenir..

Observant les statues des rois d'Angleterre.

Je vois en frémissant ces images funebres.
Richard, roi meurtrier, chef des tyrans célebres,
Henri sept a puni tes forfaits signalés:
Console-toi, son fils les a tous égalés.

SCENE II.

HENRI, CRANMER, COURTISANS,
PAGES, GARDES.

CRANMER.

PARDON, sire!

HENRI.

Des lois que nul ne peut enfreindre
Ont condamné Boulen; je ne dois que la plaindre.

CRANMER.

Ce jugement affreux vous l'avez pu souffrir!

HENRI.

Téméraire!

CRANMER.

O mon roi, laissez-vous attendrir!
Quel sang répandez-vous? quelle est votre victime?
Si l'arrêt du trépas peut être légitime,
Si la loi peut jamais verser du sang humain,
C'est quand le criminel en a souillé sa main.
Livrez-vous à la mort une épouse homicide?

A-t-elle en votre sein plongé son bras perfide?
Non, non; laissez briser votre inflexible cœur;
De vos cruels soupçons abandonnez l'erreur.
D'un crime, quel qu'il soit, la reine est incapable:
Sauvez, sauvez ses jours; et, fût-elle coupable,
Au nom du Dieu clément dont vous suivez les lois,
Du Dieu qui pardonnait en mourant sur la croix,
Ecoutez-le ce Dieu, votre roi, votre maître;
Il vous ordonne ici, par la voix de son prêtre,
De ne point accabler d'un injuste courroux
Le vertueux objet dont vous étiez l'époux.
Craignez le repentir amer, inexorable,
Le repentir vengeur d'un mal irréparable;
Ne vous préparez point des remords éternels:
Songez que Dieu punit les princes criminels.

HENRI.

Cessez...

CRANMER.

Non. Si ma voix vous semble trop hardie,
Prenez mes jours, prenez ce reste de ma vie.
Vous me verrez sans peine expirer sous vos coups
Si je puis en mourant sauver la reine et vous.
Oui vous. Son souvenir vous poursuivrait sans cesse;
Il corromprait vos jours usés par la tristesse.
Excusez le désordre où vous plongez mes sens;
Mais soyez, devenez sensible à mes accents,
A la voix d'une épouse, au vœu de la patrie,
Au vœu d'un peuple entier qui se plaint et qui crie,

Au desir de Dieu même , à son commandement.
Le temps presse ; parlez : vous n'avez qu'un moment.
L'échafaud est dressé ; sa mort est toute prête ;
Déja le fer peut-être est levé sur sa tête :
Elle invoque en pleurant son époux et son roi.

Appercevant Seimour.

Venez, venez, madame, et joignez-vous à moi.

SCENE III.

HENRI, SEIMOUR, ELISABETH
dans les bras de Seimour, CRANMER,
UNE FEMME d'Élisabeth, COURTISANS,
PAGES, GARDES.

HENRI.

Se peut-il?... Quel objet se présente à ma vue !

CRANMER.

Ah ! que par cet objet votre ame soit vaincue !

SEIMOUR.

se jetant aux pieds du roi.

Sire !..

HENRI.

Eh bien?

SEIMOUR.

Je succombe... Eh quoi ! vous souffrirez !..

HENRI.

Levez-vous.

19.

SEIMOUR.

Non, je reste à vos genoux sacrés.

montrant Élisabeth.

J'ai couru... Vous voyez...

HENRI.

Vous répandez des larmes!

SEIMOUR.

Calmez, daignez calmer de trop vives alarmes.
La reine est innocente, et s'avance au trépas :
Au nom de cet enfant, ne le permettez pas;
Au nom d'Élisabeth... contemplez son visage;
Cédez à la nature en voyant votre image,
Et celle d'une épouse, et ces traits si touchants,
Ces traits que vos regards ont adorés long-temps.
Vous l'aimez; pouvez-vous ne plus aimer sa mere?
Pouvez-vous l'immoler? l'oserez-vous?

ÉLISABETH.

Mon pere!

HENRI.

à part.

Le crime fait souffrir; je le sens malgré moi.

ÉLISABETH.

Je croyais retrouver ma mere auprès de toi.

HENRI.

à part.

Sa mere!

ÉLISABETH.

Où donc est-elle?

HENRI,

à part.

Ô contrainte cruelle !

haut.

Ma fille ! Élisabeth !... Dieu , que fais-je !

SEIMOUR.

Oui, c'est elle.

Oui, c'est Élisabeth , l'enfant de votre amour ;
Au sein qu'on va frapper elle a puisé le jour:
De la reine et de vous elle a serré les chaînes:
Le sang de tous les deux est mêlé dans ses veines.
Ne fuyez point sa voix et ses pleurs innocents ;
Ne vous détachez point de ses bras caressants :
Regardez votre fille à vos pieds qu'elle embrasse ;
Hélas ! autour de vous tout vous demande grace ;
Des pleurs qu'elle répand tous les yeux sont noyés :
Vous même... Ah ! mes amis , tombez tous à ses pieds:
L'instant de la clémence est arrivé peut-être ;
Parlez, priez, pressez ; fléchissez votre maître.

*Cranmer et tous les courtisans se jettent aux pieds
de Henri.*

HENRI.

C'en est assez, madame; il faut donc...

SEIMOUR.

Achevez:

Je meurs à vos genoux si vous ne la sauvez.

HENRI.

Pontife , allez, courez, suspendez le supplice ;

Cranmer sort.

J'écoute l'indulgence et non pas la justice.
Mais tandis que Boulen va rentrer dans ces lieux,
Qu'on fasse retirer cet enfant de mes yeux;
A tant d'émotion mon cœur ne peut suffire.

On emmene Elisabeth.

SCENE IV.

HENRI, SEIMOUR, COURTISANS, GARDES.

SEIMOUR.

J'AI sauvé l'innocence; à la fin je respire.

HENRI.

Eh quoi! toujours des pleurs!

SEIMOUR.

Ah! laissez-les couler;
De ceux que j'ai versés ils vont me consoler:
Ils sont doux maintenant. Partagez mon ivresse,
Répandez avec moi ces larmes d'alégresse;
La reine enfin triomphe et retrouve un époux.

HENRI.

La reine! un si beau nom n'est plus fait que pour vous.

SEIMOUR.

L'ai-je entendu, grand Dieu!

HENRI.

Quelle est votre espérance?

SEIMOUR.

Quoi! ne venez-vous pas...

HENRI.

> D'écouter la clémence,
De révoquer, madame, un arrêt rigoureux.

SEIMOUR.

Eh bien ! ne soyez pas à demi généreux.
Vous avez aux tourments enlevé la victime ;
Mais ce n'est point assez : rendez-lui votre estime ;
Rendez-lui cet amour qui ne m'était point dû ;
En un mot, rendez-lui tout ce qu'elle a perdu.
Que deux fois votre main l'éleve au rang suprême :
Le prix d'un tel bienfait sera le bienfait même :
Vous trouverez ce prix au fond de votre cœur ;
Enfin d'Élisabeth vous ferez le bonheur,
Le mien, sire, et le vôtre, et (j'ose encor le dire)
Celui de vos sujets, celui de tout l'empire.

HENRI.

Ma gloire et mon amour sont tous deux offensés
De ces vœux imprudents qu'ici vous m'adressez.
Mon courroux s'est calmé : n'êtes-vous pas contente ?
Dois-je encor m'avilir ? est-ce là votre attente ?
Me faut-il insulter au jugement des lois,
Devant l'Europe entière, aux yeux de tous les rois ?
La majesté du trône à ce point abaissée !..
Non, je n'aurai jamais cette indigne pensée.
Mon cœur à la pitié vient de s'abandonner ;
Boulen doit vivre encor : j'ai pu lui pardonner
Pour vous, pour mes sujets, madame, et non pour elle ;
Mais ce pardon suffit : elle est trop criminelle.

SEIMOUR.

Elle n'est point...

HENRI.

Craignez d'allumer mon courroux,
J'apperçois le pontife; il s'avance vers nous.

SCENE V.

HENRI, SEIMOUR, CRANMER,
COURTISANS, PAGES, GARDES.

SEIMOUR.

Ah! qu'il vienne; il est temps que sa voix me rassure,
Eh quoi! vous vous taisez! parlez, je vous conjure.

CRANMER.

On venait d'accomplir cet arrêt si cruel:
La reine ne vit plus.

SEIMOUR.

Qu'avez-vous dit?

HENRI.

O ciel!

CRANMER.

Sire, chargé par vous d'un ordre de clémence,
Je courais à la mort enlever l'innocence.
Je vois de tous côtés vos sujets éperdus,
Vos malheureux sujets à grands flots répandus
Dans la place, où leur reine indignement traînée
Devait sur l'échafaud finir sa destinée.

Ils venaient voir mourir ce qu'ils ont adoré.
Je vole au-devant d'eux; et, d'espoir enivré,
En mots entrecoupés, de loin, tout hors d'haleine,
Je m'écrie : « Arrêtez, sauvez, sauvez la reine;
« Grace, pardon : je viens, je parle au nom du roi. »
Ils ne m'ont répondu que par un cri d'effroi.
A ces clameurs succede un plus affreux silence;
J'interroge : on se tait. Je frémis; je m'avance :
Je lis dans tous les yeux; je ne vois que des pleurs;
Un deuil universel remplissait tous les cœurs.
J'étais glacé de crainte; et cependant la foule
S'entr'ouvre, me fait place, et lentement s'écoule.
J'arrive au lieu fatal; j'appelle... Il n'est plus temps.
Ô reine, j'apperçois vos restes palpitants !
J'ai vu son sang; j'ai vu cette tête sacrée
D'un corps inanimé maintenant séparée.
Ses yeux environnés des ombres de la mort
Semblaient vers ce séjour se tourner sans effort,
Ses yeux où la vertu répandait tous ses charmes,
Ses yeux, encor mouillés de leurs dernieres larmes.
Femmes, enfants, vieillards, regardaient en tremblant
Ces augustes débris, ce front pâle et sanglant.
Des vengeances des lois l'exécuteur farouche
Lui-même consterné, les sanglots à la bouche,
Détournait ses regards d'un spectacle odieux,
Et s'étonnait des pleurs qui tombaient de ses yeux.
Mille voix condamnaient des juges homicides.
J'ai vu des citoyens, baisant ses mains livides,

Raconter ses bienfaits, et, les bras étendus,
L'invoquer dans le ciel, asyle des vertus.
Au milieu de l'opprobre on lui rendait hommage.
Chacun tenait sur elle un différent langage;
Mais tous la bénissaient; tous avec des sanglots
De ses derniers discours répetaient quelques mots.
Elle a parlé d'un frere, honneur de sa famille,
Du roi, de vous, madame, et sur-tout de sa fille:
A ses tristes sujets elle a fait ses adieux;
Et son ame innocente a monté dans les cieux.

HENRI.

Cranmer, si les Anglais m'accusaient d'injustice,
Dites-leur que j'avais suspendu le supplice.

SEIMOUR.

Au fond de votre cœur vouliez-vous l'épargner?

HENRI.

Quoi, madame!..

SEIMOUR.

Elle expire; et moi, je vais régner!
Régner! lui succéder entre vos bras perfides,
Sur ce trône souillé de tant de parricides!
Laissez-moi fuir des lieux qui me glacent d'effroi:
Son ombre gémissante, est entre vous et moi.
Au moment où mon front recevrait la couronne,
Au pied des saints autels, sur les marches du trône,
Je l'entendrais toujours, s'attachant à mes pas,
Accuser mes honneurs fondés sur son trépas.
Que d'autres, j'y consens, obtiennent en partage

De vôtre amour cruel le sanglant héritage,
Et sur son échafaud que mon sang répandu
Dans son généreux sang puisse être confondu !
Voilà tous mes desirs, c'est le sort que j'envie.
Roi barbare, à vos pieds j'ai demandé sa vie ;
A vos pieds maintenant je demande ma mort.

HENRI.

Vous, mourir ! vous !

SEIMOUR.

Frappez ; n'ayez point de remord.
Ah ! puisque vous m'aimez, je suis votre complice.
Ma haine vous punit ; c'est là votre supplice :
Mais le mien est de vivre, et le mien doit finir.
A des mânes chéris je vais me réunir.
Cen est fait... je t'entends. Oui, ton ombre m'appelle.

HENRI.

Ses yeux se sont fermés, je la vois qui chancelle.
Ami...

SEIMOUR.

Si votre cœur peut encor me chérir,
Soyez assez clément pour me laisser mourir.

HENRI.

à part.

Prenez soin de ses jours. Entouré de victimes,
J'ai peine à soutenir le fardeau de mes crimes.

FIN DU TOME PREMIER.

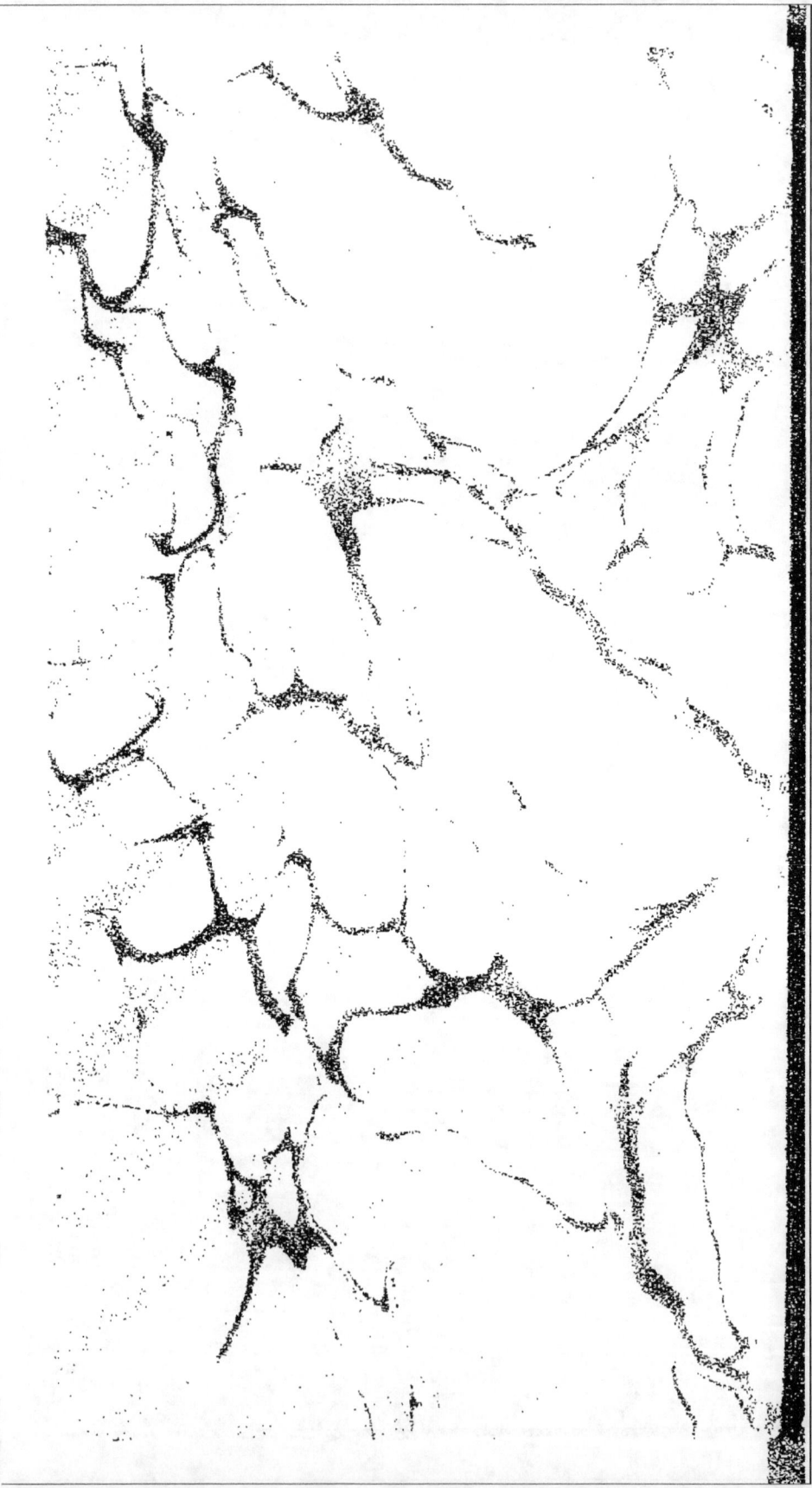

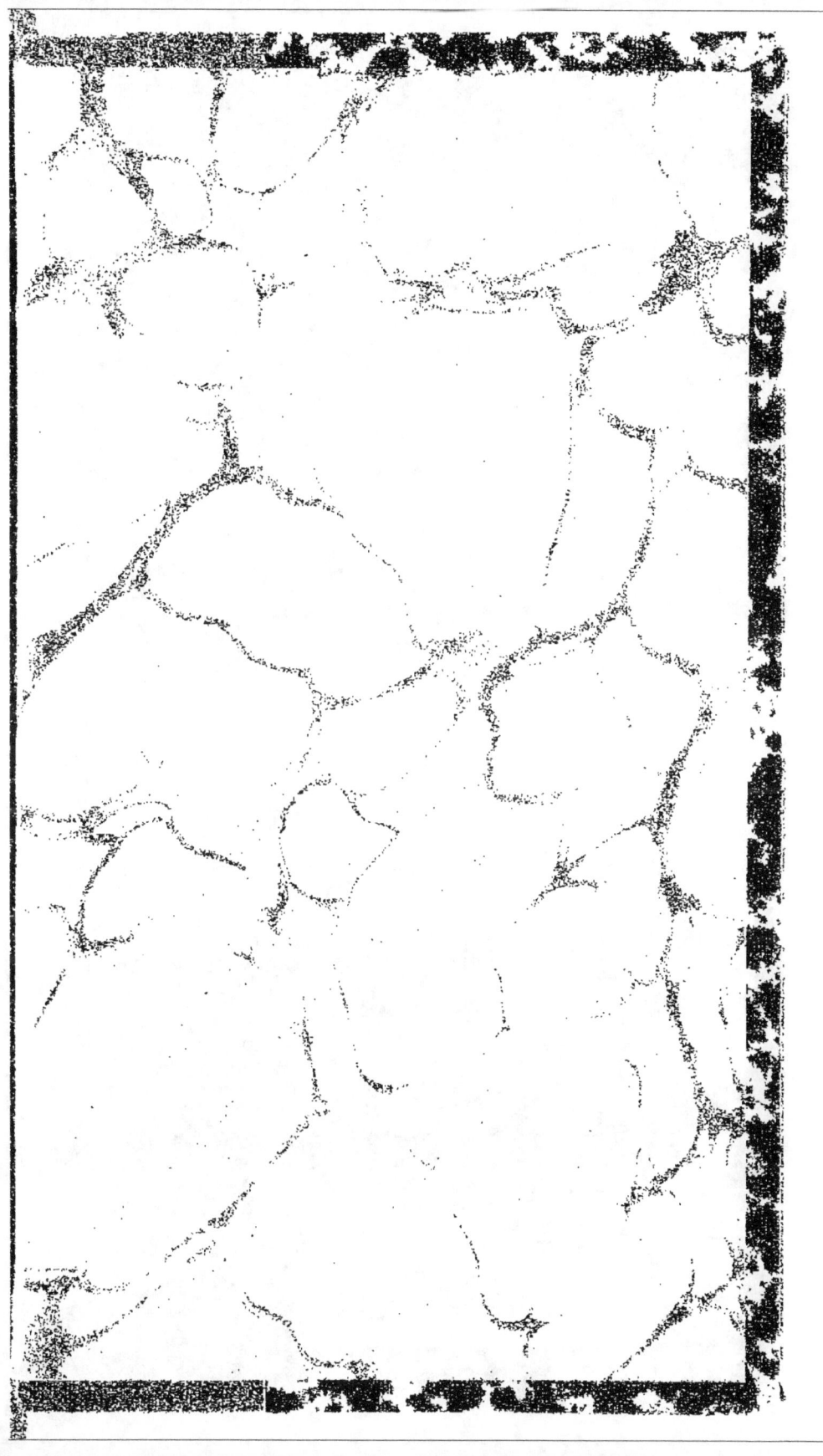

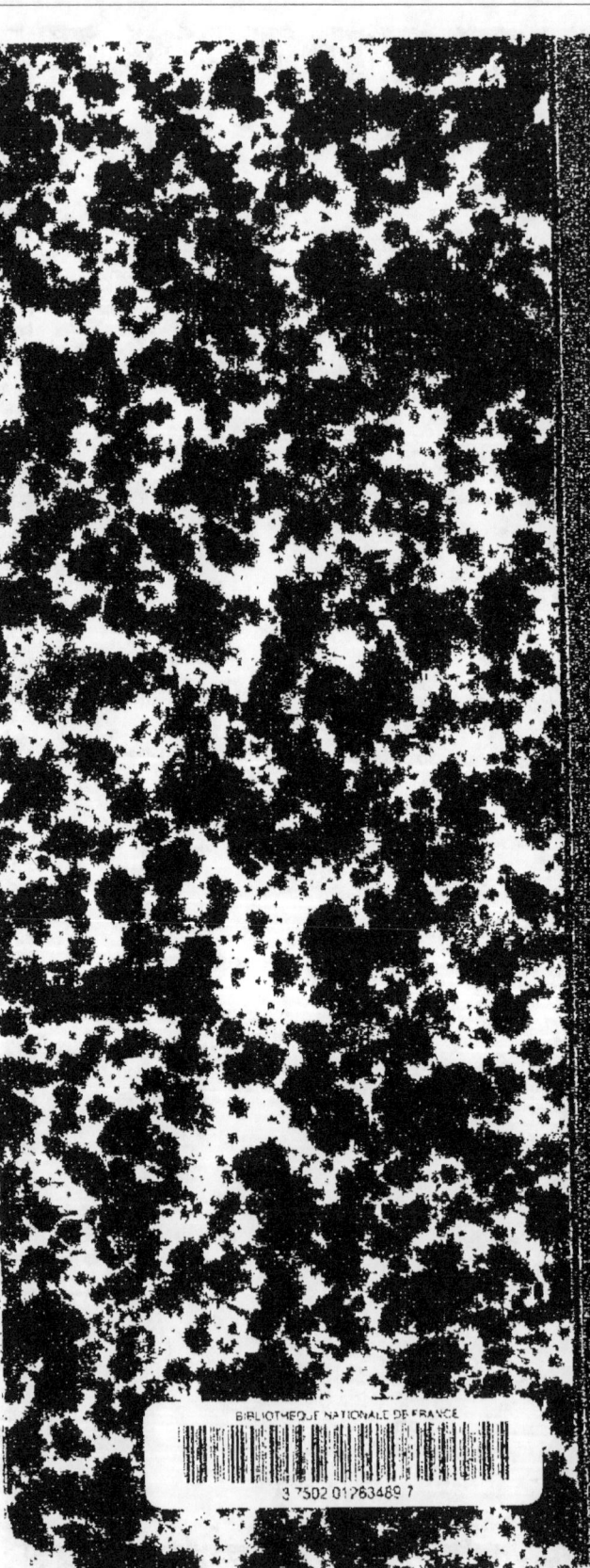

www.ingramcontent.com/pod-product-compliance
Lightning Source LLC
Chambersburg PA
CBHW061429030726
47503CB00005B/1348

* 9 7 8 2 0 1 9 6 0 3 0 3 8 *